매일 밤 조각 잠을 자더라도

매일 밤 조각 잠을 자더라도

박시은 에세이

채륜서

프롤로그

첫 책을 냈을 때, 지인들에게 출간 소식을 알리자 몇몇 사람들이 질문을 했습니다.

"에세이? 그게 뭐야?"

그때마다 저는 진땀을 흘렸습니다. 이 장르를 뭐라고 정의해야 좋을지, 어떻게 설명해야 상대방이 쉽게 이해할지 애매했기 때문입니다.

"소설이랑 뭐가 달라?"

"자서전 같은 거야?"

말문이 막혔습니다. 소설은 아니지만 소설 같긴 한데, 지어낸 이야기는 아니라고 했습니다. 내 진짜 이야기를 솔직하게 담았으니 직접 읽어보면 알게 될 거라고 얼버무렸죠.

에세이essay가 무엇인지, 사전적 정의 외에 어떤 뜻이 있는지, 인터넷에서 한참을 찾아봤지만 뾰족하게 이거다! 싶은 뜻을 찾지 못했습니다. 다 맞는 말 같으면서도 정확하지 않은 느낌이었습니다. 시와는 다르고, 소설과도 다르고, 동화랑도 다르고, 그렇다고 일기도 아니고, 자서전도 아닌데. 대체 어떻게 설명해야 할까요? 그저 '잡다한 글'이라고 해야 하는 걸까요? 문예창작학과 전공생이지만 에세이가 뭔지, 에세이를 쓰는 법 같은 걸 배운 적도 없었습니다.

그래서 저만의 정의를 내리기로 했습니다.

에세이는,
"우리는 함께 살고 있다."
는 걸 드러내는 글이라고.

직접 경험했던 일을 바탕으로 하되 많은 사람들의 마음을 만져주기 위해 쓰는 글이라고도 생각합니다. 그러면서도 재미있길 바랍니다. 읽은 사람들의 얼굴에 잔잔한 미소가 나왔으면 좋겠어요.

임경선 작가님께서는 이런 말을 하셨대요. 어느 독자가 "에세이를 잘 쓰려면 어떻게 하나요?"라고 묻자 "그 에세이를 쓰는 사람 자체가 매력이 많아야 한다"고요. (《자유로울 것》에 있는 내용입니다.)

다행히도 저는 매력이 꽤 많은 것 같습니다. 이런 말도 자주 들어요. 너는 알면 알수록 흥미로운 사람이다. 끊임없이 도전하는 사람이라 신기하다. 매력이 동서남북이다. 너의 이야기를 듣다 보면 푹 빠진다. 주변에서 그렇다는데, 저는 어쩔 수 없이 에세이를 쓰면서 살아야 하는 운명 아닐까? 하며 끄적여 봅니다.

그럼 한번 제 매력에 빠져 보시죠. 반짝이는 이야기와 생각들을 저만의 방식으로 조곤조곤 고백할 테니, 당신은 당신의 방식대로 한껏 느껴 주시면 좋겠습니다.

그럼 잘 부탁드립니다.

오늘도 사랑해요.

— 박시은

차례

3 오확행: 삶의 원동력이 되는 기쁨이란

1

상념:

고민은 잘 살고 있다는 뜻이니까

백조

"넌 진짜 걱정거리 하나도 없어 보인다."

최근에 한 친구에게서 이런 말을 들었다. 깜짝 놀랐다.

"내가? 왜? 왜 그렇게 보여?"

"하고 싶은 거 다 하고, 취미도 많고, 회사도 안 다니잖아. 잘 사는 거 아니야?"

"아니야. 뭘 잘 살아. 프리랜서 같은 백수인데."

"잘 사는 거지, 그게."

답답했다. 아닌데. 매일매일 걱정하며 사는데…….

생각해 보니 주변에서는 나를 그렇게 보는 것 같긴 했다. 능력 좋은 사람. 인생 참 재미있게 사는 사람. 해보고 싶은 건 다 해보는 사람. 좋아하는 일만 하면서 사는 사람. 은근슬쩍 "너 돈 많지?"라거나 "집 잘 살지?" 하고 질문하며 떠보는 사람이 많았다. 아니라고 말해도 안 믿었다. 내가 웃으면서 대답해서 그런 걸까? 차라리 정색하면서 아니라고 해야 하나? 사실을 말해도 안 믿어주면 답답하기 짝이 없다. 아닌데. 전혀 아닌데.

대체 '잘 사는' 게 뭐냐고.

새삼스럽게 돌이켜봤다. 아빠는 공무원이었고, 엄마는 주부였고, 집안으로부터 물려받으신 재산은 전혀 없으시고, 내가 어렸을 적엔 '빚'이라는 단어를 자주 들었고, 그래서 갖고 싶은 거 사달라고 떼를 쓴 적도 없었고. 대학교 입학할 즈음에는 학비 걱정부터 했고, 매 학기 성적우수 장학금을 받으려고 발악을 했고, 대학교 1학년 때 이후로는 용돈을 받지 못했고(달라고 한 적도 없고). 아빠 차는 중고차로 15년 넘었고(아빠, 내가 능력이 '아직' 없어서 미안해), 내 방에는 침대도 없고, 솔직히 좁고, 집 냉장고는 30년을 사용하다가 근래에 바꿨고, 세탁기도 보일러도 수도관도 자주 말썽을 부리고, 백화점에서 뭘 사본 적도 없고, 옷은 늘 이월상품이나 할인 기간을 노렸다. 누가 백화점에서 뭘 샀다는 이야기를 하면 주눅이 들 때도 있었다.

사람마다 기준은 다르겠지만 아무리 생각해도 그렇게 '잘 사는 집'으로 분류하기에는 좀 아니지 않나? 이런 마음들을 일일이 알려줄 수도 없고, 오해를 풀기 위해 해명할 거리도 아니고. 무엇보다 '부유한 집'으로 오해받는 게 제일 싫었다. 왜냐하면 내가 발버둥치며 살아온 시간들을 싹 지워버리는 것 같아서. 누군가의 눈에는 '잘 사는 사람'인데 정작 그 사람 입장에서는 아니라는 거.

솔직히 난 걱정을 자주 한다.

'지금 내가 한 선택들이 맞나? 앞으로 내가 하고 싶은 걸 하면서 먹고 살 수 있을까?'

어제도 걱정했고 오늘도 걱정했다. 아마 내일도 하겠지. 단지 겉으로 드러내지 않을 뿐. 누군가에게 하소연하거나 티를 내봤자 딱히 바뀌는 게 없다고 생각하기 때문이다. 특히나 좋아하는 사람들에게는 평소에 긍정적인 감정을 많이 주고 싶으니까. 그래서 힘든 건 다 숨기고 웃으며 지냈더니 좋은 집에 살면서 놀고먹으며 마냥 행복해 보였는지도 모르겠다.

사람들은 자꾸만 타인을 자기 마음대로 해석한다. 보이는 게 먼저이긴 하지만, 눈에 보이지 않는 숨겨진 부분도 꽤 있는 법이다. 보이는 것으로만 판단하지 않았으면 좋겠다. 내심 추측은 할 수 있어도 확정짓지는 않았으면 좋겠다.

　그래서, 이 글의 제목은 '백조'로 정해야겠다. 나는 늘 보이지 않는 발버둥을 치며 살고 있다. 아마 많은 사람들도 그렇지 않을까.

　힘듦의 정도도, 답답함도 모두가 다르다. 꾹꾹 삼키며 겉으로 티 내지 않을 뿐인지도 모른다. 잘 모르는 누군가를 생각할 때 나만의 시선으로만 잘못 재단하지 않도록 조심스러웠으면 좋겠다. 잘 안다고 생각하는 누군가에 대해서도 더 조심스럽게 생각하면 좋겠다.

백지를 앞둔 마음:
문예창작학과 실기 시험

코로나19가 시작되었을 즈음 집에서 할 수 있는 힐링 취미로 가야금을 시작했다. 즐기면 되는 취미라서 머리 아플 이유도 없었고 스트레스도 없었다. 장기적으로 오래 하면 할수록 연주 실력이 향상될 거고, 시간 날 때 혼자서도 놀 수 있는 평생 취미라는 생각이 들어 꾸준히 하고 있다.

하루는 가야금 선생님과 대학 입시 실기 시험에 관련된 이야기를 나누었다. 가야금 실기 시험을 어느 대학은 어떤 방식으로 하고, 또 어느 대학은 어떻게 하는지를 들으면서 굉장히 신기했다. 내심 문창과 실기는 돈이 안 들어서 다행이라고 느꼈다.

"저희는 펜만 있으면 돼서 다행이에요."

"펜이요?"

"네. 실기 시험 때 필통만 들고 가면 되거든요."

"엥? 문창과도 실기 시험을 보나요?"

"네. 당연히…."

당연히, 까지 말했다가 멈췄다. 나한테 당연한 것이 타인에게는 당연하지 않을 수 있는 거다. 몰랐을 수도 있다. 그러고 보니 대부분의 사람들이 몰랐던 것 같다.

학교마다 차이가 있을 수는 있지만, 문예창작학과는 학생의 글 실력을 보고 뽑는다. 내가 시험 볼 때에는 실기 시험 비중이 50퍼센트였다. 지금은 비중이 달라졌을 수도 있다. 아무튼 실기 시험 당일에 시험장에 가면, 수능을 보는 것처럼 한 책상에 한 명씩 앉아 있고, 시간이 되면 커다란 백지 원고지를 나눠준다. 그리고 감독관이 칠판에다가 그날 실기 시험을 볼 소재 단어를 써준다. 소재는 뭐가 나올지 모른다.

그리고 정해진 시간 내(약 두 시간 정도)에 그 소재를 가지고 나의 글 실력을 최대한으로 뽑아내야 한다. 손으로, 펜으로 원고지에 정성껏 쓴 다음 시간이 다 되면 제출한다.

그래서 문창과를 지원하는 학생들은 끊임없이 생각하고 읽고 쓰면서 실기 시험 준비를 한다. 글쓰기도 반복이고 훈련을 하다 보면 실력이 조금씩 올라가기 때문이다. 미대생들이 그림을 계속 그리며 연습하듯이, 체대생들이 체력 단련하면서 계속 운동을 하듯이. 텅 빈 원고지를 눈앞에 둔 채 어떻게 채워나갈지 고민을 해야 하고 시간 분배도 잘해야 한다. 요즘은 어떻게 달라졌는지 모르겠지만, 그때나 지금이나 빈 원고지를 마주하는 떨림과 막막함은 비슷하지 않을까.

　백지를 눈앞에 두고 머리를 쥐어뜯던 그날의 마음이 문득문득 떠오른다. 흰색 한글 창을 켜놓고 커서만 깜빡이는 걸 멍하니 바라볼 때마다 뭘 써야 하나 고민이다. 마치 인생과 똑같다. 누가 소재라도 주면 좋겠는데 아무도 주지 않는 상황이니까. 미래의 내가 지금의 나에게 키워드라도 몇 개 던져주면 참 좋을 텐데.

　삶이란 결국, 내가 알아서 채워야 하는 거겠지.

　자유로운 삶은 자유로운 만큼 어렵다.

열심히 살지 않아도 돼

살다 보니 지쳐서 어떻게 살아야 하나, 싶어졌다. 부모님의 걱정도, 주변의 시선도, 내 마음속의 불안까지 전부 다 더 열심히 하라고 독촉하는 것 같았다.

그래서 기준을 세웠다.

나중에 후회하지 않을 정도로만 하자고.

열심히 살아도 되고 열심히 살지 않아도 된다. 사람마다 생각은 다를 수밖에 없으니까. 기준도 다를 수밖에 없으니까. 그냥 딱, 나중에 돌이켜봤을 때 후회가 남지 않을 정도로만 하자.

그럼 잘 하고 있는 거다.

벽

벽을 느끼는 건 좋은 거다. 왜냐하면 내가 무언가를 하다가 한계에 부딪혔거나 어려움을 느낀다는 건데, 그냥 대충해서는 벽을 느끼지 못하기 때문이다. 열심히, 집중해서 했기 때문에 벽을 만난 것이다. 이제 그 벽 앞에서 또 다른 판단을 해야 한다. 벽을 뛰어넘든, 부수든, 땅을 파든, 다른 길을 가든, 도저히 안 되겠어서 돌아가든, 변화 혹은 선택이 필요한 시점에 도달했다는 뜻이니까. 그러니까, 벽을 만나는 건 좋은 거다. 이만큼 온 자신을 믿어볼 시간이다.

응어리

　오랜 시간 앉아 있다 보니 허리가 자주 아프다. 허리가 아프다 보니 등도 쑤시고, 어깨도 아프고, 승모근으로 올라와 목 근육도 아프고, 기어코 더 위로 올라와 지근지근 두통까지 오곤 한다.

　통증 관리 마사지 같은 것을 받으러 갔다. 온몸에 근육과 근막들이 굳어 있다고 했다. 손이 지나갈 때마다 곳곳에서 틱, 틱, 딱딱한 덩어리가 걸리는 게 느껴졌다.

　"안 풀면 어떻게 되나요?"

　"점점 더 심해질 거예요. 계속 굳거든요."

　"풀려고 노력하면 풀리긴 할까요?"

　"네, 그럼요. 풀리죠."

　응어리는 풀지 않으면 더 딱딱해진다. 그래, 무엇이든 그렇다. 근육뿐이겠는가. 생각도 풀어놓지 않으면 굳어버린다. 마음도 표현하지 않으면 가라앉아 침전물이 되고, 말도 하지 않으면 속으로 숨어버린다. 시간이 갈수록 점점 더 심해질 것이다.

이미 굳은 것들을 완전히 풀기는 어려울지도 모른다. 말랑말랑까지는 어렵더라도 좀 덜 굳도록 조금씩 풀어내며 사는 연습을 해야겠다. 몸도, 마음도.

좋아하는 일을 선택했을 때

"좋아하는 일을 선택했을 때 반드시 필요한 것이 뭔지 알아?"

"용기?"

"내야지. 근데 그거 말고."

"그럼, 돈?"

"있으면 당연히 좋지. 근데 그거 말고."

"응원해 주는 사람들?"

"아, 물론 중요하지. 그거 말고."

"그럼 뭔데?"

"불안감을 다스리는 거야. 주변 사람들의 기대랑 걱정들이 나한테 계속 들려올 텐데, 그런 걸 내가 조절해야 해. 성과가 빨리 나타나지 않았을 때 느껴지는 그 초조함도 못 느낀 척해야 하고. 스스로에게 확신을 가져야만 해. 시도 때도 없이 찾아오는 불안함을 다스려야 해. 원하는 만큼 무언가를 이룰 때까지 말야. 알았지?"

영화 〈인사이드 아웃2〉를 보고, 그날 밤에 이불을 덮고 누워서 이런저런 생각에 빠졌다. 불안이는 당연한 감정이라는 것. 그러니까 너무 불안해하지 말자고. 나의 모든 감정을 안아주자고.

바꾸는 힘

물음표 폭탄일 때가 있다. 다들 왜 이렇게 잘 사는 것 같이 보이지? 아니겠지, 힘든 사람도 많겠지? 나는 왜 자꾸 속상하지? 속상함의 이유가 뭐지? 그럼 어떻게 해야 안 속상하지? 사람들은 왜 돈을 많이 벌고 싶어 하지? 돈을 벌려면 어떻게 하지? 내가 돈을 벌고 싶은 이유가 뭐지? 돈을 많이 벌면 뭐하지? 왜 사람들은 성공을 원하지? 성공이라는 게 뭐지? 나한테 성공이란 어떤 거지?

꼬리에 꼬리를 무는 질문들 틈에서 답을 발견할 수 있다면, 그 답안을 가지고 시도하다 보면 내가 바뀌고 마음이 바뀌고 다가올 미래가 바뀐다. 그러니 스스로에게 계속 질문하고 계속 생각해야 한다. 인생은 어차피 주관식 서술형이다. 내가 가진 의문들은 세상을 바꿀 수 있고 나를 바꿀 수 있다.

눈물

왜 자꾸 마음이

왈칵,

쏟아지려 하는지 모르겠다.

눈물이 왜 자꾸 넘치려고 하는지 모르겠다.

―까지 썼다가 진짜로 울어버렸다.

갑자기 그럴 때가 있다. 그나마 자주 하는 건, 눈물이 바깥으로 흘러나오지 않도록 버티는 일. 눈가에 찰랑찰랑 고일 때 딱 붙드는 것. 사실은, 진짜 사실은 '갑자기'가 아니다. 처음부터 쌓이고 있었는데 눌렀던 거였으니까. 흘러넘치려고 할 때마다 간신히 누르곤 했으니까.

서러울 때가 있다. 내가 선택한 것들은 괜찮은데, 내가 선택하지 않은 일들 때문에 서러움이 마구 몰려올 때가 있다. 물론 세상 일이 다 마음처럼 되지는 않는다. 머리로는 충분히 알고 있다. 그럼에도 눈물은 자꾸만 찰랑거린다.

그래서 가끔 혼자일 때, 방문을 닫고 흘려보내준다.

단단하게: 〈돌싱글즈4〉를 보며

예능 프로그램 〈돌싱글즈4〉 미국 편을 종종 봤다. 출연자 열 명의 행동과 마음을 관찰하는 게 꽤나 흥미로워서다. 그런데 하루는 소라 씨의 개인 인터뷰를 보다가 눈물이 고이기 시작했고, 소라 씨가 울음이 터질 때 나도 터져서 한참을 울었다.

소라 씨는 다른 분야는 몰라도 사랑 앞에서만큼은 자존감이 낮다고 이야기한다. 본인이 늘 마지막 선택을 받게 된다는 게 슬펐다고. 남자들이 본인에게 관심을 별로 갖지 않는 것을 느낀 듯했다. 그리고 소라 씨는 관심이 가는 남자에게 마음을 표현을 한답시고 하긴 했는데, 상당히 소극적인 행동이었어서 상대 남자는 소라 씨의 마음을 거의 느끼지 못했다. 소라 씨는 "아무래도 거절을 당할까 봐 두려워서 소극적이었던 것 같다"고 스스로의 자존감을 분석한다. 누가 이런 나를 사랑해 줄까, 하는 마음이 은연중에 있었나 보다.

저 인터뷰를 보며 왜 나까지 눈물이 났나 생각해 봤다. 나도 어렸을 때 비슷한 생각을 갖고 있었기 때문이었을까. 다른 아이들보다 월등히 키가 컸고 뼈도 굵어서 나는 아마 연애 같은 건 못할 것 같다고 생각했다. 당시에 나랑 비슷한 키를 가진 여자애는 거의 없었다. 그게 너무 스트레스였다. 남자애들은 내 근처에 오는 걸 확실히 피하곤 했다. 여자들은 생리를 하면 키가 거의 멈춘다는데, 나는 고등학생 때에도 조금조금씩 자랐다. 그러다 보니 174센티미터가 되었다. 지하철이나 버스를 타면 주변 어른들이 혀를 쯧쯧 차며 "여자애가 저렇게 커서 어쩌냐"고 하는 말도 종종 들어야 했다. 그래서 나는 늘 바닥에 바짝 붙는 신발만 신었고, 걸을 때 무릎을 굽히면서 조금이라도 덜 커 보이려고 하기도 했다.

"엄마. 난 왜 이렇게 키가 크지?"

"너 가졌을 때, 주머니에 멸치 가지고 다니면서 시도 때도 없이 먹었어. 그래서 그런가?"

"왜 그렇게 멸치를 많이 먹었어……."

"튼튼한 아기 낳으려고 먹었지!"

엄마는 뿌듯하게 웃곤 했다. 나는 속상했는데. 지금은 이렇게 건강하게 낳아주셔서 감사한 마음뿐이지만 몇 년 전까지만 해도 정말 속상했다.

혼자라는 느낌을 받을 때가 많았다. 체육 시간에는 나와 비슷한 체급을 가진 여자애들이 없어서 함께 체육을 할 때면 조심스럽게 해야 했고, 그렇다고 남자애들하고 같이 체육을 하자니 민폐였다. 한창 성장 중인 남자애들의 힘과 운동 신경을 따라가는 건 쉽지 않았다. 여자애들보다는 잘하고 남자애들보다는 못하는. 여기도 못 끼고 저기도 못 끼는. 늘 그 중간에서 속상했고 외로웠다.

대학생이 되었을 때 결심한 게 있었다. 매 학기 체육 관련 교양 수업을 넣어야겠다는 결심이었다. 중고등학생 때 체육 과목을 제대로 못 했으니까, 대학생 때라도 즐기면서 해봐야겠다는 생각이었다. 하지만 매 학기 비슷한 일이 반복되었다. 유도 수업에 들어갔을 때는 또 여학우들 중에 나랑 맞는 체급이 없었다. 나와 비슷한 키인 남학우와 파트너를 하자니 내 힘이 너무 부족했다. 남녀가 짝을 맞춰 추는 댄스스포츠 수업에서도 내가 제일 키가 컸고, 그러다 보니 남학우들이 슬금슬금 나를 피했다. 자존감이 오락가락하는 이상한 상황. 누가 이런 나를 사랑해 줄까.

이런 말도 자주 들었다. "너는 키가 크니까 남자친구도 키가 커야겠네?", "만날 사람이 180은 넘어야 되겠다." 아니. 아닌데? 나는 늘 아니라고 말했다. 옛날부터 아니었다. 나보다 클 수도 있고 작을 수도 있다. 키는 전혀 상관없다. 다만 내가 신발을 뭘 신든 상관을 안 하는 사람이면 좋겠다고 말하곤 했다. 굽 없는 신발만 신으라고 말하는 사람이 아니면 좋겠다고.

어쨌거나 지금은 괜찮다. 어쩔 수 없는 부분은 정말 어쩔 수가 없는 거다. 어느 날 갑자기 깨달은 진리 같은 거였다. 내 키에 보태준 거 있어? 우리 엄마가 먹은 멸치 말고 누가 뭘 보태줬는데?

이제는 "누가 이런 나를 사랑해 줄까?"라는 질문에 "내가 나를 사랑해 주면 되지!"라고 말할 수 있다. 꼭 누군가 나를 사랑해 주지 않아도, 그것과는 별개로 내가 나를 좋아하는 게 먼저라고 말하고 싶다. 그게 단단해지는 첫 번째 원칙이라고. 바꿀 수 없는 건 어쩔 수 없는 거라고. 노력으로 안 되는 부분도 있는 거라고. 그러니까 괜찮다고.

이제는 내가 신고 싶은 신발을 고른다. 신발의 굽 높이에 상관없이 산다. 높으면 높은 대로, 낮으면 낮은 대로.

한편으로는 요즘 아이들이 점점 커지는 것 같아서 좋다. 대세 아이돌인 장원영도 170센티미터가 넘고, 안유진도 그렇다. 다들 얼마나 당당하고 예쁜가.

키가 좀 크면 어떤가.

키가 좀 작으면 어떤가.

살 좀 찌면 어떤가.

살 좀 없거나 마르면 어떤가.

겉모양이 어떻든 나는 나인걸.

누군가 나를 안 사랑해 주면, 내가 나를 사랑하면 된다. 그뿐이다.

물풍선

난 알아, 너의 터질 듯한 마음들을. 왜냐하면 나도 속에 있기 때문이야. 물풍선마냥 꽉꽉 차오르는 중이잖아. 바늘 콕 한방에 다 터져버릴 것도 알아. 그러니 적당히 새어나가게 하자. 가득 채워져서 위험해지기 전에 어딘가에 틈을 내서 흘려주고 보내주자. 아, 아니다. 다 터뜨려 버릴까? 싹 다 폭파시킬까? 대신 누군가 다치지 않게. 아프지는 않게. 위험하지도 않게. 그리고 이유 정도는 알아두는 걸로. 그래야 다음엔 조금이나마 나아질 테니까.

난 알아, 너의 터질 듯한 눈물들을. 왜냐하면 나도 울어봤기 때문이야. 울고 싶을 때, 참지 않고 우는 것도 용기야. 내 감정을 솔직하게 드러내는 거잖아. 그러니까 많이 울어도 돼. 운 만큼, 비운 만큼, 다시 또 채울 수 있어. 많이 울고 또 많이 웃자.

구멍

외로운 사람은 안다. 마음에 얼마나 큰 구멍이 생겼는지. 그 구멍을 채우고 싶어서 사람도 만나고 돈도 쓰고 음식도 먹고 술도 마시고. 그런데, 구멍이 채워지지 않는다. 임시방편은 그때뿐이니까. 나에게 생긴 외로움은 빠르게 구멍만 막아본다고 해서 속까지 해결되지 않으니까. 내가 비어 있는 속을 직접 채워야 한다. 마음속의 아픔, 지침, 슬픔, 외로움을 마주보고, 받아들이고, 다정하게 얘기해 줘야 한다. 나, 많이 힘들구나. 그래, 그럴 수 있어. 괜찮아. 잘했어. 이제 내가 날 돌볼 거야. 덜 외로울 거고. 더 좋아질 거야. 그럴 거야.

약점

    약점은 공개하지 말라고들 하는데 꼭 그래야만 할까? 숨기려고 할수록 아직 스스로가 받아들이지 못했다는 뜻 같다. 그 약점이란 부분을 이제는 받아들일 수 있다면, 그걸 빌미로 해서 누군가 수군거려도 타격이 별로 없다면 굳이 숨길 필요 없다. 왜냐하면 공개한다는 것 자체가 누가 알아도 상관없고 나 자신에게도 떳떳한 것이기 때문이다.

    약점에 가려지지 말 것. 당신은 강점이 더 많은 사람이니까.

남기는 마음: 남산서울타워에서

일요일, 오랜만에 남산서울타워에 다녀왔다. 고향 같은 곳이라 갈 때마다 설레는 곳이다. 주말이라서 사람이 많을 줄 알았는데 생각보다는 적었고, 여행 온 외국인이 대다수였다.

건물들을 찬찬히 살펴보며 계단을 오르던 중 수많은 낙서들을 봤다. 온통 낙서로 뒤덮여 있어서 '낙서의 벽' 혹은 '낙서의 계단'이라고 이름을 붙여야 할 것만 같았다. 흐릿해진 낙서들도 봤다. 지우려고 했다가 포기한 듯했다. 낙서들을 보면서 기분이 좋지는 않았다. 왜 이렇게 낙서를 해야만 할까. 왜 글자를 남기려고 아우성이지? 낙서를 하라고 마련된 공간도 아닌데. 한숨을 쉬었다.

그다음에는 건물을 나와 돌아다니다가 수많은 '사랑의

자물쇠'들을 봤다. 다닥다닥 걸려 있는 자물쇠들은 잔뜩 녹슬어 있었다. 왜 저렇게 걸어야만 하지? 녹슬어버릴 텐데. 언제 철거될지도 모르는데. 흉물이라고 칭한 기사를 본 적도 있는 것 같고.

흠, 하며 지나가다가 한 커플을 보았다. 그들은 손을 꼭 잡고 사랑의 자물쇠를 판매하는 자판기 앞에서 고심하고 있었다. 이거 걸까? 저거 어때? 오, 그거 좋다! 그리고 결정. 이어지는 행복한 웃음소리.

아…….

갑자기 이해했다.

현재의 감정을 사물화하는 것.

'나'라는 존재를 남기려는 것.

낙서와 자물쇠에 이 두 가지가 맞물려 있음을 이해했다.

사람들은 '현재'를 느끼고 싶어 하고 나의 '존재'를 남기고 싶어 한다. 자랑 심리일 수도 있고, 자연스러운 번식욕일 수도 있고, 존재를 인정받고자 하고 싶은 욕구인지도 모른다. (그래도, 꼭 그렇게 무언가를 남기지 않아도 당신의 감정과 당신의 존재는 귀하고 소중하니까, 낙서는 마음속으로만 하는 게 어떨까?)

사람들이 무언가를 남기는 이유는, 그 순간의 감정을 남기고 싶어서 혹은 털어버리고 싶어서인 것 같다. 아니면 둘 다일 수도 있겠다. 사진도 그렇고, 일기도 그렇고. 그림도, 글도. 예술 작품들은 거의 다 그런 것 같다. 찰나는 날아가 버리기 마련이니까. 흘러가는 걸 꼭 붙잡아두고 싶어서. 이왕 남기는 거라면 '잘 남기고' 싶은 것이고, 또는 이왕 버리는 거라면 '잘 버리고' 싶은 것이고.

그 외에, 사람들에게 '도움이 될 수도 있겠다'는 생각으로 남기는 것도 있을 거다. 내가 남겨두면 차후에 누군가에게 도움이 되겠지 하는 큰 마음으로.

당신은 어떤 마음으로 어떤 것을 남기고 싶은가?

우리의 흔적들

그래, 맞아. 우리는 참 많은 걸 남기고 있었어. 새기다 보면 뿌듯해지기 마련이지. '이곳' 혹은 '이것' 혹은 '이 마음'은 없어지지 않겠지? 하는 기대감을 품고. 혹여 만약 없어지더라도 우리의 마음은 분명히 남겠지. 누군가 잊어버리더라도 우리가 그랬던 일만큼은 영원히 남겠지. 그래서 뭘 자꾸만 자꾸만 만들고 낳고 그을리면서, 지고 이고 남기고 또 남기나 봐.

현재는 어차피 지나가. 당장 지금 이 순간도 지나가고 있지. 우리는 과거와 미래 사이에 있는 초침의 찰나에 머무를 뿐이야. 멈출 수가 없어. 우리는 끊임없이 사라지고 있더라. 뭔가를 자꾸만 묶고 싶어지게. 붙잡고 싶게. 붙들고, 붙이고 싶게. 오늘도 순간을 새기고 싶더라.

좋은 거리감

무엇이든 적당한 거리감을 두고 쉬어갈 줄 알면, 일을 하다가 잠시 휴식하면 다시 힘이 생기듯이, 뛰어가다가도 천천히 숨 돌리면 뛸 힘이 또 솟아나듯이, 오랜만에 만난 친구가 반가워서 이야기가 끊이지 않듯이, 가끔 떠나는 여행에 더욱 설레고 행복하듯이, 좋은 거리감을 두고 대하면 더 반갑고 즐거워질 수 있다. 그러니까 가끔은 쉬어가도 되고, 조금은 떨어져 있어도 좋다. 뭔가 힘들 땐 그래도 된다.

유리컵

한 컵이 있었다. 흰색 머그컵이었는데, 흰색이었지만 속에는 무엇이 담겨 있는지 옆에서는 볼 수 없었다.

옆에는 또 한 컵이 있었다. 투명한 유리컵이었다. 투명하게 속이 보여 담겨 있는 액체를 볼 수는 있었다. 유리컵 속에는 투명한 액체가 있었는데, 과연 이 액체는 뭘까? 물일까, 식초일까, 사이다일까, 소금물일까, 설탕물일까, 아니면……

속이 보이지 않아서 답답할 수도 있지만, 봐도 알 수 없는 것도 있다는 얘기를 하고 싶었다. 그렇다면 그 액체가 무엇인지 어떻게 알 수 있지?

나는 커서 무엇이 될까

초등학교 장래희망 그리기 시간에 자기가 어떤 것을 그렸는지 기억하는 사람이 별로 없는 것 같다. 그래도 어렸을 때 이런 생각을 한 번쯤은 해본 적 있을 것이다.

'나는 커서 무엇이 될까?'

커 보니까 어떤가? 무엇이 되었는가? 뭐가 되었든 어떻게 살고 있든 공통적인 건 '나'는 커서 '나'가 되었다는 거다. 어렸을 적의 나도, 큰 나도, 나이 먹어가는 나도, 전부 다 그냥 '나'다. 그러니 무엇이 될지, 어떻게 살지 너무 불안해하지 않아도 된다. 너무 걱정하지 않아도 된다. 왜냐하면 여전히 난 나고, 어떻게 살아도 나고, 앞으로도 쭉 나니까.

어떤 관계

'꼭꼭'이라는 단어에 무엇이 들어 있을까?

밥 천천히 꼭꼭 씹어 먹어. 꼭꼭 씹어라, 머리카락 보일라. 새끼손가락 고리 걸어, 꼭꼭 약속해. 그러니까 '꼭꼭'은 천천히, 오래오래, 반드시, 꼭, 잇따라 이런 의미 같다. 사전적 의미 말고 마음으로 느껴보면 더 그렇다. 관계도 '꼭꼭'이면 좋겠다. 좋은 관계일수록 천천히 알아가고 오래오래 소화해 보고 또 보고 또 볼 수 있으면 좋겠다.

하지만 무슨 관계든, 어떤 관계든, 관계가 불안정할 때, 그 이유는 명확하다. 한쪽 혹은 양쪽이 각자의 욕구가 충족되지 못한다고 느낀 것이다. 그래서 점점 불안해지거나 혹은 화가 나서, 실망해서, 그 관계를 놓아버리거나 깨뜨리는 것이다. 따라서 서로의 욕구를 알고 있다면 누적되어 곪기 전에 진지하게 풀어야 하고, 한쪽이 모르고 있다면 알려줄지 말지 결정해야 하고, 지쳐서 알려줄 힘이 없다면 그만 놓을 준비를 하는 게 나을 수도 있다. 관계라는 것은 생각보다 따뜻하면서도 생각보다 냉정하고 생각보다 현실적이기 때문이다. 또 이상적인 관계도 어렵고 일방적인 관계는 힘들다. 고민을 너무 많이 하지 말고 어떻게 할지 조금 빠르게 결정하자. 내 시간도, 내 마음도 소중하니까.

미로 찾기

'만남'이라는 것에 대해 생각했다. 만남은 언제든 어디서든 어떻게든 이루어질 수 있으나 지속하고 유지하는 것은 노력이라고. 그리고 '사랑'하게 되는 건 선택이 아니라 운명이라고. 좋아하는 거 말고, 사랑하는 건, 어마어마한 운명이라고. 이미 모든 연이 정해져 있는데 찾는 중인지도 모르겠다고 생각했다. 미로 찾기의 끝과 끝에 서 있는 것처럼.

흘러가기

마음이 자꾸 흘러가면 굳이 막을 필요가 없다. 흘러가게 두어야 한다. 그게 내 마음의 방향인 걸 어떡하겠는가.

흘러가야 산다. 바람도 구름도 별도 지구도, 모든 게 흘러가는 중이다. 흐르지 않으면 딱딱해져서 순환이 되지 않는다. 시간도 추억도 슬픔도 아픔도, 만약 흘러가지 않는다면 직접 흘려보내줘야 한다. 눈물도 사랑도 기쁨도 마음도, 고여 있는 것 같아도 내가 흘리는 만큼 흘러가고, 또 새로운 게 잔잔히 흘러온다. 그게 세상의 원리일 테니.

부러움

솔직히 부럽지 않다고 생각해도 부러워지는 것들이 있다. 조금씩 시간이 지나고 나이를 먹을수록 덜 부러워지는 것뿐이지, 완전히 안 부러운 건 아니라서. 그러려니 하고 있었는데 진동이 울렸다. 한 친구가 보낸 메시지였다. 내 기분을 어떻게 알았는지.

'내가 가진 것 중 좋은 것만 생각해. 어차피 내 거 아니라서 안 온 거야.'

그렇다, 내 것은 아니라는 거 안다. 인생은 기니까 내 것은 따로 있겠지. 어딘가에는 있겠지. 찾아야겠지. 완벽하게 퍼즐 맞추기를 하면 엔딩이 될지도 모르니까, 비어 있는 공간에 맞춰 넣을 마지막 조각을 차근차근 보물찾기 한다는 마음으로.

건강한 개인주의

전에는 먼저 참고 양보하는 게 좋은 건 줄 알았는데 살다 보니 뭔가 이상하다는 걸 알았다. 참고 양보하면 남한테는 좋은데 나한테는 좋은 게 없었다. 굳이 다 참아줄 필요 없고 다 받아줄 필요도 없는 거였다.

어렸을 때는 '개인주의'와 '이기주의'가 같은 말인 줄 알았다. 그런데 개인주의가 나쁜 게 아니지 않나. 남한테 피해를 주지 않으면 되는 거 아닌가. 다른 사람들부터 먼저 생각하지 않으면 나쁜 사람이 되는 것 같아 힘들었는데, 나도 못 챙기고 남도 챙기기 힘들고 점점 더 힘들어지기만 했는데, 왜 자꾸 마음이 좁아지나 싶었는데, 마음이 좁아지는 게 아니라 나만의 공간과 나만의 마음을 원하던 거였다.

내 것이 중요한 만큼 남의 것도 중요하다는 걸 알면 되는 거 아닐까. 서로에게 좋은 거 아닐까. 서로를 침범하지 않고 굳이 간섭하지 않는다면, 조금만 더 조심스럽게 대한다면 충분히 건강한 개인주의적 삶이지 않을까.

마음 표현 안 하는 건 나만 손해다. 드러낼 땐 드러내고, 말할 건 좀 말하고. 물론 그렇다고 해서 아무 상황에서나 다 그럴 순 없으니, 중요한 건 적당히 하는 거겠다. 내 마음 내가 챙기지 않으면 아무도 안 챙겨준다. 그러니 과하지 않게, 웃으면서 표현하는 걸로. 많이 이야기하며 사는 걸로.

마음이 아플 때

몸이 아플 때 사람들은 병원에 간다. 혹은 약을 먹는다. 그런데 마음이 아플 때는 어떻게 하지? 어딜 가야 하지? 어떻게 해야 낫지? 뭐가 약이지? 모르겠다…….

아니다. 사실 알고 있다. 마음은 분명 안다. 어떻게 해야 나아지는지를. 편안한 곳, 좋아하는 곳, 가고 싶었던 곳에 가야 한다. 그리고 맛있는 거, 좋아하는 거, 먹고 싶었던 거를 먹어야 한다. 그리고 예쁜 거, 귀여운 거, 멋진 거, 좋아하는 거를 보는 거다. 그래야 마음이 나아진다. 평소 좋아하는 거, 바로 그게 약이니까 마음이 아플 땐 내 마음이 좋아하는 거 좀 해도 된다. 그게 병원이고 약이다.

쓰레기

상대방이 쓰레기를 준다면 받지 않으면 그만이고, 모르고 받게 되었다면 버리면 그만이고, 자꾸 나에게 버린다면 버리지 말라고 말하면 되고, 그래도 계속 버린다면 쓰레기통을 뒤엎어버리면 된다. 굳이 그걸 받아서 나까지 더러워질 필요도 없고, 내가 대신 받아서 대신 버려줄 필요도 없다. 더러운 걸 계속 주는 사람은 멀리하면서 관계를 최대한 끊는 게 낫다. 나를 소중하게 대하는 사람들은 절대 그렇게 하지 않는다. 좋은 것과 사랑스러운 것만 주고받기에도 인생은 짧다.

마음의 건강

찾지 못하면 숨겨져 있을 뿐이고, 꺼내지 못하면 그대로 있을 뿐이다. 흐르지 못하면 썩고 움직이지 못하면 굳는다. 터뜨리지 못하면 곪고 울지 못하면 쌓인다. 열지 못하면 담을 수 없고 받지 못하면 텅 빈다.

마음도, 생각도, 열정도, 성장도, 노력도, 발전도, 표현도, 관심도, 사랑도.

특히 아픈 감정들을 자꾸자꾸 눌러버리면 골병이 들고 들어, 썩으면서 전이되어, 더 심각한 아픔이 된다. 화난 감정들도 자꾸 꾹꾹 눌러버리면 뒤섞여서 어디서 어떻게 해소해야 할지 알 수 없게 되고 만다. 불쑥 올라오는 좋지 못한 감정들은 분명 이유가 있는데, 그걸 내가 찾지 못하면 갈수록 답답해진다. 반복되는 상황과 감정을 끊으려면, 뱉을 줄도 알아야 하고 맞설 줄도 알아야 한다.

마음의 건강 지수는 속상함을 현명하게 풀어낼 때 더더욱 좋아진다.

눈빛

한 성형외과 의사가 말하는 걸 들었다. 우리 신체 중에 유일하게 성형이 불가능한 곳이 있다고. 그건 바로 '안광'이라는 거였다. 즉, 눈빛. '포커페이스poker face'는 가능해도 '포커아이스poker eyes'는 불가능한 이유는, 얼굴은 여러 가지가 어우러지는 합주라서 어딘가가 조금 이상해도 전체적으로 묻어갈 수 있는데, 눈빛은 독주라서 숨지도 묻히지도 못하기 때문이다. 또한 눈빛에는 생각도, 마음도, 감정도 전부 다 들어 있기에 말하지 않아도 통할 수 있다. 눈으로 욕도 하고 눈으로 사랑에 빠지기도 하듯이. 행복도 느끼고 슬픔도 느끼듯이. 반짝이기도 하고 죽어가기도 하듯이.

따돌림

사내 따돌림을 당해본 사람은 확실히 느끼는 게 있다. 처음에는 아니라고 부정한다. 에이, 아니겠지. 설마 다 큰 성인들이 그러겠어. 그러다가도 어느 확 느껴지는 경우가 있다. 나도 그랬다. 뭐지? 나 따돌리는 건가? 맞는 것 같은데? 일부러 이러나? 그걸 알았을 때, 억울하고 속상해서 계속 생각이 난다. 그래도 매번 아닐 거야, 잘못 들은 걸 거야, 내 오해일 거야, 생각하게 된다. 뭔가 애매해서 말은 못 하겠고, 싸우기도 싫고, 내가 잘못한 게 있나 싶고, 어떤 뒷담화를 할까 속상하고. 당시에 나는 가만히 있었다. 그러자 따돌림 현상이 갈수록 심해졌다. 처음에는 다 참고 삼켰다. 결국 궁지에 몰리고 몰리자 생각이 달라졌다.

뭐? 누가 또 나 욕해?

그럼 어디, 내 앞에서 말해봐.

앞에서 말 못하겠으면 그냥 꺼져!

라고 할 수 있을 것 같았다. 바깥으로 내뱉지 못하더라도 속으로만 해도 조금 풀리는 기분.

정신적이든 신체적이든 극도의 한계점에 도달하면 뒤집힌다는 걸 깨달았다. 무엇보다도 중요한 사실은, 내 모든 건 내가 지켜야 한다는 거였다. 누가 말도 안 되는 유언비어 퍼뜨린다? 그럼 한심하게 봐주면 된다. 누가 일부러 시비 거는 게 느껴진다? 그럼 한번 싸워버리면 된다.

당신은, 당신의 진짜 모습을 숨기고 있는지도 모른다. 주변 사람들이 등 돌릴지도 모르니까, 비웃을지도 모르니까, 혼자가 될까봐 무서워서. 하지만 숨기고 누를 때보다 솔직하게 드러내고 싸울 때 가장 나다워진다. 어차피 내가 혼자 상처받고 끙끙대고 있다고 해서 달라지는 거 하나 없다.

지지 마.

넌 생각보다 강한 사람이다.

열등감을 느낀다는 것은

자꾸 위축되고 작아지는 당신에게 해주고 싶은 말이 있다. 어떤 걸 하든 당당하면 반 이상 먹고 간다는 거다. 열등감이 느껴질 때에는 굳이 숨기려고 노력하지 않았으면 좋겠다. 억지로 덮어도 튀어나올 수 있다. 마음속 저 깊은 곳에다가 숨겨두려고 하면 더 힘들어진다. 열등감을 숨기는 것보다 좋은 방법은 내가 잘하는 것, 내 능력을 키우는 것이다. 남들보다 조금이라도 뛰어난 면이 분명 있을 테니까 그걸 찾아서 많이많이 키우면 된다. 스스로에게 칭찬도 해주고, 주변 사람들한테 가끔은 얘기하는 것도 좋다. 그러다 보면 어느새 열등감이 작아 보일 수밖에 없다. 맞아, 내가 그건 좀 잘하긴 해! 나 정도면 잘하는 거 같지? 내가 나를 자주 칭찬해 주면 좋다. 내 칭찬은 내 자유니까.

열등감에 짓눌려서 나도 모르게 자꾸만 숨고 싶다면, 하지만 그래서는 안 될 자리인 걸 안다면, 더 씩씩하게, 더 당당하게 나서자. 그게 반복될수록 훨씬 더 매력 있는 사람이 된다.

우울의 바다

"힘든 거 있으면 나한테 다 얘기해도 돼"라는 말은, 진짜 힘듦의 전이를 경험하지 못해서 하는 말이 아닐까 싶다. 직접 당해본 게 아니라면, 남이 처한 상황을 어떻게 똑같이 느낄 수 있겠는가. 공감해 보려고 노력을 할 뿐이다.

바다에 빠진 사람을 구하겠다고 무작정 들어가면 나도 빠질 수 있다. 바다의 깊이는? 그 사람의 몸무게는? 만약 튜브가 터진다면? 그러니까 무작정 들어가는 건 바보 같은 일이자 위험한 일이다. 우울증에 빠져 있는 사람에게 선뜻 손을 내미는 건, 고맙긴 해도 같이 잠길 수 있는 일이라 쉽게 들어가면 안 되는 영역이라는 말이다.

만약 누군가 무거운 시간을 겪고 있다면 "나한테 말해, 내가 해결해 줄게, 내가 너의 무거움을 덜어줄게" 이런 말을 하는 것보다도, 더욱 조심스러운 태도이길 바란다. 우울의 바다를 쉽게 추측하는 것도 실례다. 차라리 묵묵히 곁에 있어 주는 사람이 더 든든할 수도 있다.

유리 멘탈

'멘탈'이 무엇으로 이루어졌는지는 사람마다 다른 것 같다. 강철도 있고, 돌도 있고, 유리도 있다. 재질은 생각보다 다양하다. 만약 유리보다 더 약한 것 같으면 '쿠크다스 멘탈'이라고 표현하기도 한다.

아무튼 '유리 멘탈'인 사람들에게 꼭 해주고 싶은 말이 있다. 멘탈에 자꾸 금이 가고 깨진다면, 집에 오면 속상하고 화나고 눈물 나고 짜증나고 그럴 텐데. 사실 나도 가끔 그렇다. 다만 티를 안 내려고 한다. 겉으론 전혀 안 그런 척하는 거다.

어느 날은 이런 생각이 들었다.

'멘탈 깨져봤자 나만 손해 아니야? 달라지는 거 하나 없잖아. 나만 화가 나는 건데.'

그러니까 어차피 유리 멘탈이라면 '강화 유리'가 되겠다고 마음먹었다. 화살이 날아오든, 총알이 날아오든, 강화 유리로 싹 다 튕겨내겠어! 다 덤벼! 라고 생각하니까 확실히 나아졌다. 반복적으로 생각하다 보니 전보다 업그레이드가 되었는지 확실히 멘탈이 덜 깨지는 느낌이다.

　멘탈 재질은 내가 고를 수 있다. 두께도 정할 수 있다. 그리고 강화도 할 수 있다.

아끼똥

'아끼똥'이라는 말이 있다. '아끼다가 똥 된다'는 말을 줄인 것인데, 너무 소중하게 생각해서 가지고만 있다가 결국 쓸모없어진다는 뜻이다. 조용히 갖고만 있다가 타이밍을 놓칠 수도 있고, 잘 익을 때를 기다리다가 썩어버릴 수도 있다. 그러니까 그냥 꺼내야 한다. 완벽하지 않아도, 다른 사람들에게 보여줘야 한다. 미숙해 보이는 부분들은 그 후부터 다시 고치면 되니까, 아끼똥 되기 전에 빨리 내 것을 세상으로 꺼내자.

최면

솔직히 말해서 나는 강하지 않다. 약하다. 단지 강한 척하는 것뿐이다. 왜냐? 강하지 않으니까 강하다고 최면을 거는 거고, 최면을 걸면 걸수록 진짜 강해지는 느낌이 들어서다. 결국에는 모두가 나를 강한 사람으로 생각하고, 나도 덩달아 셀프 최면에 걸리고 만다.

스스로에게 좋은 최면을 걸어야 한다. 계속, 계속, 계속. 나쁜 말 말고 좋은 말로 주문을 걸자. 만약 최면이 안 걸린다면 걸릴 때까지 반복하는 거다. 좋은 말로 끊임없이 반복해주는 거다. 비가 올 때까지 하는 인디언 기우제처럼, 최면이 걸릴 때까지 반복적으로 되뇌이자.

버스에서

엄마와 아이가 버스에 탔다. 아이는 유치원생 같았다. 그런데 아이는 버스에 타자마자 우뚝 서더니, 엄마를 보면서 기사님의 바로 뒤쪽 의자, 즉 좌석 중 가장 앞에 있는 의자에 앉고 싶다고 말했다. 버스 좌석들이 거의 비어서 엄마와 아이가 둘이 같이 앉을 2인 좌석도 많은 상태였다. 그런데 아이는 하필 혼자서 그 앞자리에 앉겠다는 거다. 나는 당연히, 엄마가 "거기 말고 뒤에 같이 앉자. 이리 와."라고 말할 줄 알았는데, 엄마는 아이에게 질문을 했다.

"왜 여기 앉고 싶어?"

아주 차분한 목소리였다. 엄마의 질문에 아이도 차분하게 답했고, 엄마는 고개를 끄덕이며 알겠다고, 그 의자에 앉으라고 했다.

이 모습을 보면서 정말 놀랐다. 첫 번째, 아이는 떼를 쓰지 않았다. 두 번째, 엄마는 귀 기울여 들어주었다. 세 번째, 아이는 자신의 의견을 잘 이야기했다. 네 번째, 엄마는 아이의 의견을 잘 듣고 수용했다. 사실 꼭 둘이 함께 앉지 않아도 되는 거였다. 독립성까지 인정해준 셈이다.

주장하고, 경청하고, 이유를 말하고, 수용하는 것. 되게 쉬운 건데 되게 어려운 것 같기도 하다. 엄마와 아이만이 아니라 누구든 그렇게 할 수 있게, 더 현명한 관계가 되도록 노력해야 하지 않을까. 그럼 세상이 더 화목해질 텐데.

조언

살다 보면 많은 조언들을 듣게 되지만, 딱히 들을 필요 없는 조언이 있다. 그것은 내가 처한 상황을 잘 알지도 못하는 사람이 섣불리 해주는 조언이다. 조언이 필요하다는 건 문제가 생겼다는 것인데, 문제에 앞서서 현 상황이 어떤지, 어떤 맥락에 놓여 있는지, 그것부터 파악하고 난 다음에 진지하게 고민을 해야 맞지 않나? 대강 판단한 다음 조언이랍시고 하면 그게 진정 도움이 되겠는가? 사공이 많으면 배가 산으로 가듯이, 모든 조언을 귀담아듣고 다 실행하려다가는 상황이 더 악화될지도 모른다. 조언들은 적당히 가려내는 게 맞으며 내 상황을 전체적으로 살피고 진지하게 건네지는 말들에 더욱 집중해야 한다. 즉, 조언은 건네는 사람도 받는 사람도 신중해야 한다.

마음이 힘든 이유

자꾸만 마음이 힘든 이유는 자꾸만 마음을 삼켜서 그런 거다. 말하면 안 될 것 같고 참아야 할 것 같고. 그렇지만 삼켜서 없어지는 게 아니다. 쌓인다. 소화가 잘 안 되고 체하니까 무거워지기만 한다. 하지만 내가 말을 안 하면 아무도 모른다는 거. 사람들은 생각보다 남의 마음에 관심 없어서 얘기 안 하면 모르는 것 같다.

그러니까 서운할 땐 서운하다고 말하고, 속상할 땐 속상하다고 말하고, 슬플 땐 슬프다고 말하자. 힘들 땐 힘들다고 말하고, 좋을 땐 좋다고 말하고, 신날 땐 신난다고 말하자.

만약 내가 아무리 표현하고 싶어도 남 눈치도 많이 보고 마음 이야기도 잘 못해서 감정이 혼란스럽다면, 무슨 일이 있을 때 1차적으로 드는 감정, 딱 그것에만 집중해 보자. 왜냐하면 첫 감정이 제일 날것의 감정이기 때문이다. 주변 눈치 보랴, 혼자 억제하랴, 예민한 건 아닌지 고민하랴. 그러다 감정이 덧칠되어서 원래의 것이 다 사라지고 첫 느낌이 가려지기 때문이다. 그러니까 첫 번째로 들었던 감정을 최대한 즉시, 적어두든 말하든 표현하든 해서 가려지기 전에 꺼내야 하고, 그리고 돌려서 꺼낼 생각하지 말고 최대한 단순한 단어로 드러내자. 그게 내 자신에게도 솔직한 거니까.

숨기지 말고, 삼키지 말고, 드러내는 연습을 해야 한다. 그래야 마음이 덜 힘들다.

반딧불이에게

　반딧불이가 내주는 빛을 다들 좋아하지만, 반딧불이가 어떤 마음인지, 어떤 상태인지 헤아리는 사람은 드문 것 같다. 울고 있을지도 모르는데. 어디 아픈지도 모르는데. 괜찮아? 조금 쉴래? 요즘 좀 어때? 하고 물어봐 주면 참 좋을 텐데.

2

끈기:

불안과 믿음 사이에서 흔들리더라도

타잔

사람들은 없어요, 라는 말을 생각보다 자주 쓴다.

"시간이 없어요."

"생각이 없어요."

"돈이 없어요."

"그럴 마음 없어요."

그렇다면 "어쩔 수 없어요"라는 말은 어디까지 통할까. 정말 어쩔 수 없었나. 진짜로 방법이 없었나. 아니면 몰라서 그랬을까. 아니면 있는데 외면했을까. 지나간 일들은 더이상 어찌할 수 없는 게 맞지만, 다가올 일은 어쩔 수 있지 않을까. 실오라기 같은 방법, 틈새, 기회. 불도저 같은 생각, 각오, 행동. 어차피 세상은 정글이고 안 보이는 것 투성이인데. 타잔이 되어보는 건 어떨까.

고민

고민은 늘 무겁고 없어지지가 않는다. 그림자마냥 자연스럽게 따라오는 존재라서. 괜찮아, 너무 걱정하지 마, 라는 말이나 힘내, 라는 말을 들어도 별로 와닿지 않는다. 빈말처럼 들릴 때도 있다.

마음이 무거우면 몸도 무겁고, 몸이 무거우면 시간도 무겁고, 시간이 무거우면 삶도 무겁다. 그러다 가끔 웃는 시간에는 가벼워지기도 한다. 가벼워질 때, 무거움을 많이 털어내야 날아오를 수 있다. 생각이든 기분이든 발걸음이든. 참을 수 없는 인생의 무거움들 사이에는 호흡할 수 있는 공간이 있다. 분명 있다. 숨길만 찾으면 된다.

사실, 고민들은 그림자처럼 어느 각도에서든지 따라오는 거다. 어쩔 수 없는 나의 일부인 셈이다. 그러니 내가 평

소에 울면서 가든 웃으면서 가든, 어떻게 함께 움직일지는
오로지 나에게 달렸다.

그럼에도 불구하고

만약 내가 가치 있게 여기는 일 혹은 진짜 하고 싶은 일이 뭔지 알고 싶다면 이 말을 붙여보면 된다. '그럼에도 불구하고'. 상황이 좋지 않거나 당장 뭐가 되지 않아도 그래도 하겠다는 마음이 있는지. 다른 사람들이 말리거나 걱정되는 부분이 있어도 그래도 하겠다는 다짐을 할 수 있는지. 분명 어렵다는 걸 알고 힘든 길인 걸 알면서도 하지 않으면 안 될 그 무언가가, 깊은 곳에서부터 솟구쳐서 반드시 하고야 말겠다 싶은 것인지. 그런 걸 찾았다면 그걸 해보는 게 맞다. '그럼에도 불구하고' 꼭 이루면 좋겠다.

끝이 없는 터널

　며칠 전에 인터넷으로 타로카드를 주문했다. 1년쯤 전에 한 친구가 타로카드를 샀다고 하길래 그때 "왜 샀어?" 하고 물어보니 "그냥, 답답해서"라고 했는데. 지금의 내가 그 마음을 딱 알 것 같아졌다.

　어느 날에 아빠가 말해줬다. 그 옛날, 그 시절, 형사들이 범인을 잡기 위해 조사하고 또 조사해도 나오는 게 없고 단서가 끊겼을 때, 도오오오저히 뭘 해야 할지 알 수 없을 때 점술사를 찾아가기도 했다는 거다.

　"엥? 진짜?"

　"진짜 그랬어. 얼마나 답답하면 그랬겠냐. 지푸라기 잡는 심정으로 가는 거지."

　"가면 뭘 얘기해줘?"

"범인이 아마 어디쯤에 있을 거라고, 어느 방향으로 찾아보라는 식으로 얘기해줄 때도 있고 그래."

"우와!"

"뭐가 우와야?"

"너무 신기해! 정말 말이 안 되는 거 아냐? 근거가 없는데 왜 그런 말을 들으러 가지?"

"생각해 봐라, 그 시대에 뭐가 있었냐. 폰이 있냐, 씨씨티비가 있냐. 뭐 아무것도 없었잖아. 아무것도 없는데 어떡하냐? 그대로 포기할 수도 없는데."

"아······."

그랬다. 포기하면 그대로 끝인 거였다. 아무것도 없는 상태에서 답답함 혹은 막막함에 지는 거였다.

가끔 답답함에 치일 때면 이런 생각을 한다. 누군가 미래를 조금만 알려줬으면 좋겠다고. 전부 다 알려주면 재미없으니까 힌트 약간만 달라고. 진짜 쪼끔만이라도. 양심적으로, 책의 결말부터 보면 재미없으니까 중제목들마다 한 페이지씩만 스을쩍 읽으면 안 될까. 한두 문단만이라도. 아니면 한두 문장이라도. 아니면 한두 단어만이라도.

끝이 없는 터널은 존재할 수 있다고 가정해 봤다. 어둡고 컴컴하고 아무것도 안 보이는, 방향도 모르고 나아가는 길도 모르는, 아주아주 긴 동굴. 답답함과 속상함과 무력감이 뒤엉키는 곳.

그곳에서 해야 하는 일은, 출구를 찾기 위해 헤매는 게 아니라, 터널 밖의 소리가 작게나마 들려오는 위치를 찾고 또 찾아서, 내가 사랑하는 이들의 포근한 목소리를 들으며 벽을 힘껏 부수는 거 아닐까. 온몸으로 벽을 깨버리는 것. 무한동력 같은 믿음으로 직접 빛을 향해 탈출하는 것.

가만히 있으면 출구가 나타나지 않는다. 발견할 수도 없고 마주칠 수도 없다. 내가 움직여야 한다. 빠르기는 내가 조절하면 되니까. 물론 보폭도 조절하면 되고. 출구가 없는 것 같다면 내가 비상구를 직접 만들면 된다. 모두가 응원해 주고 있으니까. 특히 너를 아끼는 이들이 사랑해 주고 있으니까. 그 마음을 향해 나아가 보자. 힘을 얻고 또 얻어서, 다 밀어내고 계속 가자.

끝이 없는 터널은 존재할 수 있다. 하지만 동시에 존재할 수 없을 거다. 내가 부숴버리는 순간 끝을 만든 거니까.

그래도 힌트는 좀 얻고 싶긴 한데… 라고 생각하며 황금
색으로 번쩍거리는 타로카드를 뒤섞었다.

꽃집에서

햇살이 좋아 꽃집에 들어갔다. 그리고 "봄 느낌 나게, 화사한 느낌으로 만들어 주세요"라고만 말했다. 내 또래로 보이는 플로리스트분은 고개를 끄덕이며 꽃을 마음대로 고르셨다.

몇 분 후, 꽃다발이 거의 완성되었다. 그런데 분홍색 장미 몇 송이가 시든 것처럼 보였다. 바꿔달라고 할까 말까. 주문을 정확하게 안 한 내 잘못인가. 마음에 들지 않아 고민을 하던 때, 플로리스트분이 갑자기 이렇게 말했다.

"이거, 아직 안 핀 거예요."

"네?"

"시든 거 아닌가, 하고 생각하셨죠?"

"아, 네…."

"시든 거 절대 아니에요. 아직 안 핀 거예요. 사람들이 많이들 착각하더라고요. 곧 더 예쁘게 피어날 거예요."

그 말에 온몸이 찡해졌다. 그래, 아직 안 핀 꽃들도 분명 많겠지, 봄이라고 해서 다 피어나는 건 아니겠지, 하며 꽃 다발을 안았다. 새삼스럽게도 모두의 계절은 다르고 피어 나는 때도 다른 게 당연하겠다는 생각으로, 햇살을 받으며 자박자박 걸었다.

시든 게 아니다.
아직 안 피었을 뿐이다.

조금의 힘

그저께 책을 보다가 되게 인상 깊은 말을 발견했다.

"당신의 삶이 완벽하지 않다면 지금 당신이 아는 것으로는 충분하지 않다는 뜻이다."

완벽한 건 없겠지만 사람들은 부족한 걸 채우고자 노력하면서 사는 것 같다. 하지만 불만족이라면 뭔가 채워지지 않은 거고, 그걸 더 채우려면 더 알아야 할 거다. 내가 현재 알고 있는 것보다 더 많이. 마음속에 있는 확장의 욕구를 충족시킬 수도 있고, 알아가는 과정을 거치며 점점 성숙해진다.

결국 우리는 다 비슷하다. 살면서 조금씩 조금씩 성장해 간다. 아마도, 평생 동안.

'조금의 힘'을 아는가? 조금의 힘은, 말 그대로 조금만 해도 효과가 있는 것이다. 예를 들면, 기분 좋을 때에 미소가 나온다면? 그때 조금만 더 웃으면 기분이 더 좋아지는 거다. 답답하거나 화가 날 때는 소리를 지르고 싶거나 막 울고 싶기도 한데, 그때 조금만 참으면 일을 덜 그르칠 수 있는 거다. 운동을 할 때 몸이 버거워할 때라면? 그때 조금만 더 하면 그만큼 운동이 더 되는 거다.

혹은 무언가를 오랫동안 하면서 이게 맞나, 내가 잘하고 있나, 혼란스러울 때도 있을 것이다. 그때 조금만 더 해보면 꾸준히 또 쌓이게 된다. 그리고 감정을 표현할 때 부끄러워서 잘 못 할 때는? 그때 조금만 더 티를 내면 전달이 조금 더 되는 거다.

무엇이든지 조금만, 을 해보자. 조금 조금이 모여서 아주 큰 게 될 때까지.

포기하지 말기

세상에는 내가 선택하지 않은 것들이 참 많다. 그래서 발버둥도 쳐 보고, 바꾸려고 노력도 하고, 부정할 때도 있는데, 그게 다 먹히지 않을 때가 상당히 많다. 그래서 눈물이 날 때도 참 많다. 그럴 때, 그래도, 포기하라고 말하고 싶지 않다. 그냥 다 놓아버리라고 하고 싶지 않다. 오기로라도 더 시도해 보라고 하고 싶다. 목표하는 게 코앞에 있는데 힘들어서 돌아가면 너무 아쉬우니까. 노력의 강도는 본인이 안다.

얼마만큼 더 노력하고 또 노력할 것인가?

(   ) 만큼.

이 괄호 안을 어떤 말로 채우겠는가?

기회

    과거는 이미 흘러간 일이라 돌이킬 수 없고 바꿀 수도 없다. 나와 굳게 결합되어 있어 한 부분만 빼낼 수도 없다. 현재는 바로 지금이니 순간순간이 만들어지고 있다. 그리고, 미래도 만들어질 거고 나와 떨어질 수 없다. 모든 건 연결되기 마련이고 유기적으로 움직이므로. 어제 한 행동의 결과들은 오늘이 되고 오늘 한 행동의 결과들은 내일이 된다. 모두가 알고 있다. 행하느냐, 마느냐의 차이일 뿐. 오늘 꼭 할 일을 해야 한다. 내일 꼭 할 일도 정해두고 행해야 한다. 원하는 지점에 도달할 수 있게. 내일 이루고 싶은 게 있다면, 기회는 바로 지금이다.

성장

주변을 보면, 누군가는 집을 샀고, 누군가는 결혼했고, 누군가는 애를 몇 명 낳았고, 누군가는 사장님이 됐고, '성공'한 이야기들이 잔뜩인 와중에 난 뭘 하고 있나, 싶어질 때가 가끔 있다. 사촌이 땅을 샀다는 이야기에 배가 아픈 게 아니라 나는 왜 못 샀지? 그동안 뭘 한 거지? 싶어서 괜히 자책하게 된다. 물론 성공의 기준이 사람마다 다르다는 건 안다. 그렇지만, 오늘도 뭘 이루어야 할 것만 같은 강박관념에 시달린다. 이것도 해놔야 할 것 같고 저것도 해놔야 할 것 같고. 그러다 보면 지쳐서 뭘 얼마나 많이 할 수 있겠냐 싶기도 하고, 그러다 힘이 쭉 빠지고, 지금 이게 맞나 싶어지기도 한다.

"해야겠다" 결심과

"이게 맞나?" 의심과

"그래도 해보자" 뚝심.

세 가지의 뒤섞임 속에서 뽑아낼 수 있는 확실한 사실 한 가지는, 하루하루 성장하고 있다는 사실이다. 당장 결과가 보이지 않더라도 말이다. 다른 곳으로 흘러가지 않도록 내 배에서 직접 노를 젓고 있으니까, 이 자리 그대로 머무는 것처럼 느껴져도, 사실상 유지하고자 버티고 있다는 것. 무언가를 하고 있음을 믿으며 계속 노를 젓는 일. 나아가는 시간.

'무언가를 하고 있는 나'는 분명히 성장하는 중이다.

버티기

오늘도 많은 이들이 버티고 있었을 거다. 왜? 왜 버텼을까? 사실, 대부분이 안다. 버틴다는 건 가만히 있는 게 아니라는 걸. 힘들고 답답하고 화도 나지만 참는 중인 거다. 진짜 나를 잃지 않으려고. 벽에 부딪혔다면 재정비를 하고, 목표를 다시 굳건히 하면서 다음 단계로 나아가기 위해 때를 기다리면서 노력하고 있는 거다. 무언가를 이루고 싶다면 그 기간을 견딜 수밖에 없다. 그래서 흐트러지려는 마음을 꼭꼭 다잡고 있는 거다. 그렇다, 우리는 알고 있다. 버틴다는 말은 기다린다는 말과 같다는 걸.

자존감 높이는 방법

자존감을 높이는 방법은, 내가 나의 못난 점들을 받아주는 연습을 하면 되는데, 이를테면 내 약점과 단점과 유별나게 보이는 점들을 괜찮다고 다독여주는 것이다. 그래도 된다고 하면서.

맞아, 나 좀 못생긴 것 같긴 한데, 뭐 어때? 괜찮아!

맞아, 나 좀 키가 작긴 한데, 뭐 어때? 괜찮아!

맞아, 나 좀 예민한 것 같긴 한데, 뭐 어때? 괜찮아!

맞아, 나 좀 살찐 것 같긴 한데, 뭐 어때? 괜찮아!

맞아, 나 친구 별로 없긴 한데, 뭐 어때? 괜찮아!

뭐 어떤가. 다 괜찮다.

나만 멈춘 것 같을 때

나만 멈춰 있는 것 같다는 생각이 들면, 고개를 세차게 흔든다. 아니다. 멈춘 게 아니다. 난 분명 움직이고 있는데 단지 시간이 흐르는 속도와 비슷해 보이는 것뿐이다. 진짜로 멈췄다면 휩쓸려 가거나 떠밀려 가버렸을 테니까. 계속 움직이고 있기 때문에 지금 그 자리에 있는 거다. 그러니까 기억해야 한다. 난 멈춘 게 아니란 걸. 지금도 움직이고 있는 거란 걸. 이만큼 움직여 왔다는 걸. 앞으로도 나아갈 수 있다는 걸. 그런 힘이 분명히 있다는 걸.

진짜 방 탈출

오후 2시경, 방 탈출 게임을 하러 갔다. 방 탈출 게임이란 어떠한 스토리가 있는 방 안에 들어간 다음, 단서를 찾아내고 조합해서 다양한 비밀번호를 맞추고 자물쇠를 풀면서, 정해진 시간 내에(보통 한 시간 준다) 그 방을 탈출해야 하는 게임이다. 당연히 돈을 내고 하는 게임이다. 그래서 시간 안에 탈출에 성공하면 성취감이 든다. 실패하는 경우에는 아쉽고 게임비로 냈던 돈도 좀 아깝다.

데스크에는 대학생 정도로 보이는 남자 직원 한 명만 있었다. 평일 낮 시간대여서 그런지 다른 손님도 없었다. 그 직원은 그곳에 취직한 지 얼마 안 된 티가 났다. 설명을 해줄 때도 긴장하고 있는 게 느껴졌고 목소리도 자꾸만 떨렸다. 그러다가 시간이 되어 안내를 받아서 한 방으로 들어갔다.

직원은 천천히 스토리를 읽어주었다. 그리고 방을 나가
려고 하는 것 같았는데, 문손잡이를 흔들며 이렇게 중얼거
리는 거다.

"아……. 야단났네……."

뒤를 돌아보았다. 직원은 나가지 않고 문손잡이만 빠르
게 이리저리 돌리고 있었다.

"왜 그러세요?"

"문이 잠겼어요……."

"네? 왜 잠겨요?"

"모르겠어요. 갑자기 자동으로 잠겼어요……."

"폰 없으세요?"

"바깥에 놓고 들어왔어요……."

누군가 바깥에서 열어줘야 하는데 아무도 없는 상태였
다. 나도, 친구도 휴대폰 반입 금지 조항을 지키느라 폰을
바깥 사물함에 넣어 놓고 들어온 터였다. 연락할 수단이 아
무것도 없었다. 방을 탈출하는 게임을 하러 왔는데 직원과
함께 갇힌다고? '진짜 방 탈출'을 해야 하는 상황이잖아?

이 어두컴컴한 지하 방에 셋이 갇히다니! 웃음이 터지려고 했다. 하지만 웃었다가는 직원이 더 당황할 것 같아 어금니를 꽉 깨물며 참았다. 나랑 같이 있던 친구는 엄청나게 당황한 듯했다.

"어떡해요? 다른 직원 언제 오는데요?"

"저녁까진 저 혼자인데……."

그런 상황에서 나는 왜 당황하지 않았는지는 모르겠다. 어떠한 상황에서든 풀 방법이 있다고 생각해서였을까? 일단 문을 어떻게 해야 열 수 있는지부터 관찰했다. 손잡이 아래에 있는 조그마한 구멍에 막대기를 찔러 넣으면 열릴 것 같았다. 두리번거리며 적당한 도구를 물색했다. 마침 높은 캐비닛 위에 놓인 디퓨저 한 통이 보였다. 쾨쾨한 냄새를 없애려고 둔 듯했다. 나는 자연스럽게 까치발을 들고 팔을 쭉 뻗었다. (이럴 때 키 큰 게 도움이 되는구나. 자존감 상승!) 디퓨저 병을 내렸고, 거기에 꽂혀 있던 얇은 막대기 하나를 뽑았다.

"이걸로 찌르면 열리지 않을까요?"

직원에게 막대기를 내밀었다. 막대기가 얇지 않다면 안

들어갈 수도 있었다. 직원은 막대기를 문에 달린 구멍에 찔러 넣었다. 다행히도 사이즈가 꼭 맞았다.

그리고 문이 열렸다!

직원은 바깥으로 나갔다.

'진짜' 방 탈출 게임을 성공시킨 날이었다.

나중에 이 에피소드를 다른 친구들에게 들려줬더니 다들 즐거워했다. 야, 역시 너는 이야기를 몰고 다니는 사람이야. 그거 에세이에 써, 라고 했다. 나는 헤헤 웃었다.

기합

가끔 부모님께 죄송해질 때가 있다. 대기업에 다니는 친구들의 연봉 이야기라거나 성과금 이야기라거나 집 구매 이야기 혹은 집 지을 예정인 이야기, 결혼 출산 이야기 등을 들으면. 왠지 동떨어진 느낌이 들어서다. 너무 먼 이야기처럼 들리기도 한다. 말라비틀어진 과일 껍질 씹듯이 만두를 삼키며 생각했다. 아니라고, 잘못 산 적 없다고, 잘 살고 있다고, 기합을 넣었다. 나 스스로에게 미안해지지 않도록.

삶은 모두 다른 모양이니까.

중심

팽이가 잘 돌아가려면 중심이 잘 잡혀 있어야 하고, 움직이는 버스에서 잘 서 있으려면 무게중심을 잘 잡고 지탱해야 하고, 사진을 잘 찍으려면 숨을 멈출 정도로 집중해야 하고, 하나의 목표를 이루려면 온 신경을 그것에 집중해야 하듯이, 사랑을 하려면 나를 중심으로 나부터 사랑해야 한다. 나를 아끼기, 보듬어주기, 마음을 들어주기, 생각을 표현하기.

아무리 기우뚱거려도 다시 일어나는 오뚝이처럼. 아무리 뱅글뱅글 움직여도 늘 또 돌아가는 바람개비처럼. 아무리 멀리 내던져도 다시 돌아오는 부메랑처럼. 아무리 거세게 돌아가도 늘 또 방향을 잡는 풍향계처럼. 중심이 있다는 공통점 때문에 굳건할 수밖에 없는 것처럼, 나에게도 중심이 있다면 그걸 믿으면 되는 것이다.

원래부터 중심점은 있었다. 찾지 못했거나 믿지 못했을 뿐이었다. 당신의 중심은 지금 어떠한가?

자꾸 힘이 들 때

무언가를 할 때, 자꾸 힘이 들 때, 버거워서 눈물이 날 때, 가장 좋은 방법은, 힘을 빼고 하는 거였다. 100퍼센트 혹은 그 이상으로 하려다간 오히려 터져버릴지도 모르니까 조금만 힘 빼고 조금만 살살 하자. 어차피 세상에 완벽한 건 없으니 살살, 오래오래 하자. 좋아하는 거라면 오랫동안 기쁠 거고 힘든 거라면 훨씬 덜 힘들어질 거다.

잘, 못

　잘하고 못하고 이게 정말 중요한 거라고 생각했는데 나이를 조금씩 먹을수록 그게 중요한 게 아니란 걸 느끼고 있다. 왜냐하면 그냥 '하다' 자체만으로도 굉장히 어려운 거기 때문이다. 무언가를 '한다'는 게 정말 쉽지가 않은 거였다. 작은 것이든 아니든, 큰 것이든 아니든, 도전하고 시작하고 지속하고 쌓아가는 게 참 대단한 일이었다. '계속' '하는' 사람들이 너무 멋지다. 나라고 못할 거 없지 않을까. 할 수 있다. 어렵게 생각하지 말고 그냥 '하고' 있기만 해도 된다. '잘'도 '못'도 떼어버리고.

좋아하는 것과 잘하는 것 중에

좋아하는 것 또는 잘하는 것. 어떤 걸 하며 살아야 할까.

정답은 없다고 하지만 말해주고픈 추천 답안은 있다. '더 급한 걸 먼저 하라'는 거다. 잘하는 걸 해서 돈을 빨리 벌거나, 아니면 좋아하는 걸 해서 행복을 찾거나, 아니면 둘을 일치시켜버린다거나, 아니면 반반 해보거나.

사실 인생은 '선택'과 '집중'이라는 말을 많이 듣는데, 여기에 하나 더 추가할 수 있다면 나는 고민 없이 타협을 추가하겠다. 타협. 어떤 일을 서로 양보하여 협의함.

그러니까,

1. 선택
2. 집중

3. 타협

　이렇게 삼박자가 맞아떨어진다면 못해낼 일이 없을 것 같다. 뭘 해도 좋으니까, 조금은 타협해도 되니까, 마음이 까맣게 타들어가지 않게, 어느 쪽이든 급한 불부터 *끄자*는 말이다.

시간이 간다

　자꾸만 그런 생각이 든다. 시간이 '간다'는 생각. 잡고 싶어도 멈추고 싶어도 절대 그럴 수 없다는 생각. 너무 당연한 사실인데 못 느끼는 사람들이 많은 것 같기도 하고. 주변인들은 나에게 "실행력이 왜 그렇게 좋은 거야?"라고 묻고 놀라기도 하지만, 그 이유는 간단하다. 시간은 계속 흐른다는 걸 알기 때문에. 지금이 아니면, 이때가 아니면 못할 수도 있다는 생각에. 더 빨리빨리 잘하고 싶어서. 문은 두드리면 열리지 않을까 하는 생각에. (만약 안 열리면 부숴 버릴 각오를 하든지!)

　간다는 것 그리고 온다는 것. 오늘이 가고 내일이 오는 그 중간의 새벽이 매번 늘 아쉽다. 왜 그럴까. 눈꺼풀이 점점 내려와도 자기 싫은 건 왜일까. '간다'와 '온다'는 붙어 있는 한 쌍 같은데. 간다는 것은 섭섭하고, 온다는 것은 잘 느껴지지 않는데 왜 그럴까. 시간의 끝자락을 살포시 잡아당기고 싶은데. 흐르고 또 흐르고, 가고 또 간다. 그리고 또 가 버린다. 이상하다.

기회는, 실행을 하면 오겠지. 아마도. 그냥 시간 보내는 것보단 낫지. 그렇게 생각한다. 노는 것도 좋고, 쉬는 것도 좋지만, 내가 잘하는 걸로 차곡차곡 쌓아 올라가고 싶은 시간이다.

분명 시간은 가고 기회는 온다.

매일

완성된 인생은 없지만 만족하는 인생은 있어서, 조금씩 다듬고 매만지며 살아오고 또 살아간다. 매일이 같아 보여도 다르게 흘러가고 있고, 모두가 다른 고민을 하지만 비슷한 고민을 하기도 한다. 어제보다 조금 더 나은 오늘. 조금 더 행복한 지금이길. 사람은 무엇으로 살고, 왜 살고, 어떻게 사는가에 대해 흰 노트에 나만의 답을 적어갈 수 있길. 차곡차곡 쌓아가는 하루이길.

흔들려도 괜찮아

지금, 흔들리는 너에게. 좀 흔들려도 괜찮아, 라는 말을 해주고 싶다. 흔들릴 만하니까 흔들리는 거겠지. 애초에 굳건했으면 흔들거릴 이유도 없고 흔들리지도 않겠지.

중요한 건 왜 흔들리는지, 그 이유를 알아야 한다는 것. 깊게 생각해 봐야 한다. 왜 흔들리고 있을까. 어떤 바람이 불어서인 걸까. 고민한 만큼 나에 대한 이해력도 높아지고 유연함이 생길 테니, 그만큼 더 신중한 선택을 할 수 있으리라 믿는다. 다만 너무 오래 걸리면 시간이 아깝긴 하다.

인생은 불안정함의 연속이고 안정적이라고 생각한 때조차 착각일지도 모른다. 어차피 그럴 바에는 불안정함을 최대한 즐기는 게 어떨까 싶기도 하다. 이래도 불안하고 저래도 불안하다면. 하고 싶은 걸 조금씩, 계속, 시도하면서 살

자. 망망대해를 건너는 중이라면 어차피 계속 파도가 칠 테니까, 콧노래 흥얼거리며 배를 타자.

놈놈놈놈

걷는 놈 앞에 뛰는 놈 있고, 뛰는 놈 위에 나는 놈 있다는데, 나는 놈 더 위엔 끈질긴 놈이 있는 것 같다.

왜냐하면 그냥 끈덕지게 계속 가고(하고) 있으면, 안 멈추면, 족적이 남고 시간이 쌓여서 인정받을 날이 올 거기 때문이다. 내가 갈 방향을 정했다면, 걷든 뛰든 날든 타고 났든 아니든 못하든 잘하든 풍선을 불어 매달든 위에 올라타든 로켓을 만들든, 속도는 언제 도착하느냐의 문제일 뿐.

멈추지만 말고 어떻게든 계속 갈 수 있게, 끈질기게 살아가자. 그러면 된다. 뭐든 된다. 어떻게든 될 거다.

길

자기 길은, 나만의 길은, 정말 내 길이라면, 돌아서도 오게 되어 있다. 그저 차이가 조금 있을 뿐이다. 지름길을 택했을 수도 있고, 힘들다면 길이 조금 거친 것뿐이고, 오래 걸린다면 약간 돌아오는 중인 거다.

뭐, 조금 돌면 어떤가? 다시 그 길로 올 건데.

한쪽 문이 닫히면 다른 쪽 문이 열린다. 한쪽 길이 없어지면 다른 쪽 길이 생긴다. 한 친구가 멀어지면 다른 친구가 생긴다. 한 기회를 놓친 것 같을 때, 또 다른 기회를 잡을 수 있다. 혹은 기회를 찾을 수 있다.

그러니까 초조해하지 말고 울지도 말자. 분명 나는 나의 삶을 걸어가고 있으니까. 어차피 내가 밟으면서 나아가면 그게 내 길이 되는 거다. 꾸욱꾸욱 밟으며 나아가자.

인생의 주인공

　조금씩 나이를 먹을수록 견고해지는 사실이 있다. 내 인생에 집중하게 된다는 거다. 먹고 살기 바쁘고 해야 할 일도 많아서 남한테 신경 쓸 겨를이 없다. 이 말을 반대로 생각해보면, 타인 인생을 평가하면서 왈가왈부한다는 건 자기 인생 별 볼 일이 없다는 걸 드러내는 꼴이다. 뭐하러 그러나 싶다. 그 시간과 에너지 아껴서 내 인생에 쓰면 더 좋지 않나? 자기 인생이 제일 알찬 게 좋은 것일 텐데. 어차피 내 인생 드라마의 주연 배우는 나다. 1인칭으로 살면 되는데, 타인을 굳이 지켜보며 3인칭으로 살 이유가 있을까? 내 드라마에 아무 상관없는 사람을 출연시켜서 주연으로 만들 필요가 전혀 없다. 내 인생의 주인공은 나, 저 사람 인생의 주인공은 저 사람. 각자의 작품에서 열심히 하면 될 뿐이다.

그러니 더욱 나한테 집중하며 살아야겠다. 내 인생이 제일 소중하니까. 내 무대에서는 내가 주인공이고, 내가 아이돌이니까.

자학 그리고 자존감

스스로를 힘들게 하고 괴롭히는 게 자학이다. 요즘 사람들은 자학이라는 걸 자각하지 못하면서 자기 자신을 벼랑으로 몰아붙이는 것 같다. 꼭 강도가 높거나 센 것이 아니라도. 예를 들면, 몸이 심하게 아픈데도 병원에도 가지 않고 약도 먹지 않은 채 내 몸을 그냥 방치해 두었다거나, 일부러 아프게 하거나 무리하게 운동을 했다거나, 배가 부른데도 과하게 먹으면서 속을 힘들게 한다거나, 졸음이 쏟아지는데도 잠을 잘 수 없도록 억지로 참고 혹사시켰다거나, 나의 멘탈에게 필요 이상으로 채찍질을 한다거나, 스스로에게 미운 말이나 날카로운 말을 자꾸 되뇐다거나.

결국 자존감에 달린 문제일까. 내가 나를 얼마나 사랑하느냐. 얼마나 보살피느냐. 얼마나 안쓰럽게 여기느냐의 문제.

나를 막 대하는 와중에, 나아지고 싶다면 중요한 게 있다.

인식.

나를 인식해야 한다. 어떤 상태인지를. 어디까지 떠밀려 왔는지, 혹은 떠내려 왔는지, 뜬 채 실려 왔는지. 그리고 최대한 발버둥쳐야 한다. 그런 상태에서 벗어나고 싶다면 더더욱 발버둥쳐야겠지.

그럼에도 도저히 벗어날 힘이 없다? 정말?

그래, 그럴 수도 있다. 없을 수도 있다. 다만 그러한 힘이나 열망은 다른 사람들이 대신 해줄 수 없다. 오로지 나만 가능하다. 내 힘은 내 내부에서 나오는 것이기에. 아픈 것들, 힘든 것들에서 탈출하고 싶다면 내가 직접 움직여야 한다. 내 몸도, 내 자아도, 내가 주인이고 다 내 힘이니까. 부디 자학을 줄이길 바라며.

오늘도 발버둥치는 우리를 힘껏 응원한다.

대단한 당신

세상에는 대단한 것들이 정말 많다는 거 아는가?

시작하는 것도,

계속하는 것도,

끊어내는 것도,

이겨내는 것도,

인정하는 것도,

숨쉬는 것도.

이중에 하나라도 하고 있다면

당신은 대단한 사람이 맞다.

마음의 문

마음의 문은 억지로 열리지 않는다. 그래서 노크가 꼭 필요하다. 감정의 문은 숨길수록 열리지 않는다. 그래서 솔직함이 꼭 필요하다. 사랑의 문은 갑자기 열리지 않는다. 스며드는 시간이 꼭 필요하다. 꿈의 문도 그냥은 열리지 않는다. 노력하는 과정이 꼭 필요하다.

모든 문에는 손잡이가 있다. 그리고 꼭 맞는 열쇠도 있다. 다만, 어떻게 열 수 있는지는 내가 알 것이다.

다 내려놓고 싶을 때

무언가를 내려놓고 싶을 때 있다. 얼마나 내려놓고 싶은 가? 다? 아니면 조금만? 진짜 포기하고 싶으면 미련 없이 놓았을 텐데, 마음이 자꾸 남으니까 놓지 못하는 거다. 조금 내려놔도 된다는 말은 포기하란 말이 아니다. 조급하게 생각하지 말라는 거다. 내 마음이 어떤지는 알고 있을 거다. 그러니까 다 놓지 말고 약간만 내려놓자. 무겁게 계속 들고 있지 말고, 조금 내려놓고 힘을 빼자. 조금은 그래도 된다. 그게 나를 아끼는 길이다.

그런데도 너무너무 힘들어서 다 내려놓고 싶을 때는 두 세 시간 정도만 딱 두 가지 조건을 갖추어 보자.

하나. 가장 좋아하는 공간에서 (가장 충전되는 공간에서)

둘. 나에게 가장 도움이 되는 휴식을 취할 것.

해야 할 것들은 가능한 만큼만 일단 뒤로 미뤄놓고 나를 우선시하는 것이다. 나부터 챙겨야 내가 뭘 할 수 있는 거니까. 저 두 가지만 제대로 해도 다시 해볼 힘이 생긴다. 방전 상태에서는 충전부터 하는 게 맞으므로.

조용히 숨 쉬며

누군가 행복하다고 말해도 항상 늘 행복한 건 아닐 거다. 이면에는 힘듦이 있었을 테니. 마찬가지로 누군가 사는 게 힘들다고 말해도 항상 늘 힘든 건 아닐 거다. 군데군데 기쁜 일도 있었을 테니. 사실 누구든지 무엇이든지 매일이 새로운 날이고 처음 맞는 시간이라, 또 어떤 일이 생길지는 알 수 없는 터. 그중에 숨어 있는 사랑을 찾자. 나의 사랑도, 너의 사랑도, 조용히 숨 쉬며 기다리고 있을 게다.

꼭 필요한 동기부여 두 가지

사람이 무언가를 실행할 때 꼭 필요한 것 두 가지가 있다. 내적 동기부여 그리고 외적 동기부여. 이 둘은 무슨 차이인가 하면, 내적 동기부여는 '기꺼이' 하고 싶어서 누가 안 시켜도 '알아서' 하는 마음에서 우러나오는 동기이고, 외적 동기부여는 마음이 아닌 외부에서 오는 것으로, 보상을 받기 위해서거나 또는 처벌을 피하기 위한 것이다.

물론 둘 다 중요한 것이지만, 조심해야 하는 것은 외적 동기부여의 보상 부분이다. 왜냐하면 보상이 적어진다고 느낄수록 의욕이 저하되고 동기부여도 적어서 행동력이 약해지기 때문이다.

어쨌거나, 내적인 동기부여를 활용하여 모두가 자발적으로 자아실현을 하면 정말 좋겠지만 현실적으로 외적인 보상이 계속 없으면 의욕이 떨어지기도 하므로, 결국 중요한 건 균형과 인내심 아닐까.

내적 동기부여로 얼마나 잘할 수 있는지, 외적 동기부여는 최소한 어느 정도 필요한지, 즉, 내가 하고 있는 일들과 하고자 하는 일들의 내적, 외적 동기부여 부분을 잘 정리하고 다져나가야 한다. 그래야 꾸준하게 할 수 있다. 무엇이든지.

실패는 없다

    100점 받고 싶은가? 혹시 그 점수가 나오지 않을까 봐 스트레스를 받고 있는가? 꼭 100점이 아니면 어떤가. 세상엔 수많은 점수들이 있는데. 꼭 100도가 아니어도 된다. 끓는 건 100도부터지만 이미 그 전부터 뜨겁다. 마찬가지로 꼭 1등이 아니어도 되고 꼭 상위권이 아니어도 된다. 내가 뜨거우면 그걸로 충분하다. 어차피 인생은 점수도 아니고 순위도 아닌데. 내 인생은 나만의 예술일 뿐이니, 평가는 오로지 나만 할 수 있다.

    즉, 실패 같은 건 없다. 다 과정이기 때문이다. 내가 원하는 모습, 내가 원하는 성공까지 밟아나가는 과정. 실패처럼 보일 뿐이지, 진짜 실패는 아닌 거다. 실패로 보이는 지점에서 뭔가를 배우고 뭔가를 깨닫는 것뿐이니까. 쉽지 않은 만큼 더 단단해져서 한 걸음 한 걸음 나아가게 된다.

실패를 두려워 말자. 또 시도하고 또 성장하는 기회다. 단단해지는 시간이다.

어차피 완성은 성공이 아니다. 성공은 완성이 아니고.

의지박약 고치는 법

의지가 약한 것 같다면 아주 좋은 방법이 있다. 일단 내 계획을 친구들에게 말하고, 그다음 회사 동료들에게 말하고, 그리고 가족들에게도 말하고, SNS에도 올려서 소문을 쫙 내는 거다. 그러면 두 가지 마법을 볼 수 있는데,

1. 어떻게든 하려고 하는 것
2. 말한 대로 이루어지는 것

그럼 의지박약이고 뭐고 아무튼 된다!

그래서 나는 아이돌이 되겠다고 말했다.

나만의 길

새벽에, 갑자기 이런 생각이 들었다. 이 세상에는 나만 할 수 있는 일이 있다고. 분명 있다고.

헤매도 된다. 길은 다시 찾으면 되니까. 넘어져도 된다. 다시 일어나면 되니까. 울어도 된다. 그리고 다시 웃으면 되니까. 틀려도 된다. 다시 맞도록 하면 되니까.

그러니까 좀 못해도 된다. 하다 보면, 또 하면, 다시 하면, 그러다 잘하면 되니까. 어차피 나만의 길이니까.

인생은

인생은 길다.

아니다. 짧다.

아니다. 생각보다 길다.

아니다! 생각보다 훨씬 짧다.

아니, 뭐, 짧든 길든 간에, 하고 싶은 건 해보자는 이야기를 하고 싶었다.

빼기

내가 가장 원하는 걸 알고 싶다면 빼 보면 된다. 좋아하는 거, 갖고 싶은 거, 엄청 많지만, 지울 건 지우고 버릴 건 버리고 쳐낼 건 쳐내고, 핵심만 딱 남겨두는 거다. 빼고 빼고 빼내고 그러면 중심만 남는다. 이것만큼은 절대로 뺄 수 없다 싶은 것이 욕망이고 원동력이므로 나만의 꿈 혹은 목표 혹은 행복의 원천이 된다. 그래서 더하는 것도 좋지만 빼는 것도 중요한 일이다.

그렇게 빼면서 마음을 정리한 다음에는 어떻게 해야 좋을까? 사실 답은 정해져 있다.

마음은 있으나 행동이 없다면 절대 이루어지지 않을 상상에 그치게 되고, 행동은 있으나 마음이 없다면 중간에 슬럼프가 빠르게 오거나 중단하기 쉽다. 그렇지만 마음도 있고 행동도 있다면 목표점까지 도착할 일만 남았으니, 할 수 있다고, 나는 할 수 있다고, 주문을 외우며 계속할 것. 그게 가장 쉽고 빠른 길이다.

우울하거나 불안한 사람들

우울한 사람들은 대부분 과거에 멈춰 있다. 자꾸 원하던 때에 빠져서 못 나온다. 그때 그랬었는데. 저때는 저랬었는데. 그리고 불안한 사람들은 미래에만 시선이 가 있어서 일어나지 않은 일까지 걱정한다. 그럼 현재에 사는 사람들은? 지금의 나에게 초점을 맞춰서 느끼고 움직이고 있다. 그러니 현재에 집중하는 사람들은 행복한 사람들이다. 물론 과거도, 미래도 전부 다 '나'인 셈이지만 우울하거나 불안한 것보단 행복한 게 조금 더 좋지 않은가? 당신이 어제보다 좀 더 웃고 좀 더 지금에 집중하면 좋겠다. 우리는 현재에 같이 살고 있으니까, 지금에 집중하면서, 많이 많이 행복하면 좋겠다.

응원

　쉬운 거 하나 없는 세상, 된다 된다 해도 잘 되기 힘든데, 안 된다 안 된다 그러면 더 안 되는 거 아닐까? 어렵다 어렵다. 힘들다 힘들다. 그런 말을 반복적으로 들으면 될 일도 잘 안 풀리지 않을까. 차라리 된다 된다! 될 거다 될 거다! 할 수 있다 할 수 있다! 응원의 말을 해주면 어떨까. 허황된 것이든, 말도 안 되는 것이든, 진짜 어려워 보이는 것이든, 당사자가 진지하게 고민했던 것인지도 모르는데. 고심한 흔적이 보인다면 다른 말 말고 잘 될 거라고 해주자. 할 수 있을 거라고 말해주자. 진지하게 응원해 주자.

손

누군가한테 도움을 받는 거 잘 못해요? 왜요?

안 친해서? 불편해서?

내가 못나 보여서?

혼자 할 수 있으니까?

아니면 빚지는 기분이 들어서?

그런데 관계라는 건요. 다 얽히고설켜 있어서 서로 도와주면서 나아가는 거예요. 내가 좀 못하는 건 도움 받아도 되고, 내가 좀 잘하는 건 도와줘도 되는 거거든요.

도와준 상대에게 고마움을 느낀다면 잘 기억했다가 나도 또 도와주면 되고, 내가 도와줬던 사람에게서 언젠가 도움을 받을 일이 생길 수도 있는 거고, 가족들 친구들 동료들 지인들 혹은 모르는 사람이라도, 그런 여러 사이에서 작은 도움이 돌고 돌면 세상이 한결 가벼워지는 게 아닐까요. 적절한 도움 요청도, 기꺼운 도움도, 다 좋은 거예요. 그런 거예요. 손 내밀어 봐요. 오늘도 내가 손을 잡아줄게요.

불안할 때 만나면 좋은 사람

　자주 만나지는 못하지만 계절마다 한 번씩은 보려고 노력하는 친구들이 있다. 같은 학교를 졸업한 친구들이다. 정확히 말하면 후배들인데, 전공을 살려 일하겠다며 각자 열심히 살고 있다. 같은 시기에 프리랜서일 때도 있었고, 각자 회사를 다닐 때도 있었고, 파트타임 알바를 추천해 줄 때도 있었다. 이 친구들을 만날 때면, 불안할 때마다 솔직하게 불안함을 나눴고 좋은 일이 있으면 한껏 기뻐해 주었다. 서로 끌어주니 밀어주니 하면서 일과 관련된 대화도 하고 일상도 나누면 기운이 난다. 매번 고맙고 즐겁다.

　불안할 때 만나면 좋은 사람은 누굴까? 친한 친구? 이미 성공한 사람? 이해심 많은 사람? 좋은 말 해주는 사람? 다들 도움은 되겠지만 이들보다 더 만나야 할 사람은, '자신의 감정에 솔직한 사람'이다. 왜냐하면, 감정적으로 솔직한 사람에게는 내 감정 또한 털어놓을 수 있어서 서로를 이해하기가 쉬워지기 때문이다. 비슷한 상황일수록 부정적인 감정도, 긍정적인 감정도 나눌수록 기분이 더 나아진다.

애써 안 불안한 척, 힘나는 척, 괜찮은 척하는 것보다는 서로의 감정과 생각을 솔직하게 표현하고 공유할 수 있는 사람이야말로 좋은 사람이고 좋은 관계다.

불안하다고 말해도 된다. 어렵다고 말해도 되고, 긴장된다고 말해도 된다. 솔직할수록 우리는 누군가에게 좋은 사람이 된다.

믿음

　당신은, 아직 당신을 잘 모르는 거 같다. 지금까지 살아오면서 경험한 것들이 얼마나 대단한 것들인지, 아직 숨겨져 있는 놀라운 능력이 얼마나 많이 있는지, 앞으로 당신이 또 어떤 것들을 해낼지, 지금 당장은 알 수 없는 것들이 많은데 당신은 그걸 모르는 거 같다. 그러니까 스스로를 깎아내리지 말았으면 좋겠다. 함부로 생각하지도 않았으면 좋겠다. 당신이 당신을 믿는 만큼, 아끼는 만큼, 귀하게 대하는 만큼, 이만큼 살아온 만큼, 앞으로도 잘 살고 잘 헤쳐나갈 것이다.

3

오 확행:

삶의 원동력이 되는 기쁨이란

오확행

　사람들이 자주 이야기하는 '돈이 없다'는 말에 대해 종종 생각해 본다. 정말 '없는' 걸까? 아니면 예상보다 '부족한' 걸까? 아니면 있긴 있는데 '곧 없어질' 예정이라는 걸까? 아니면 '겸손한' 걸까? 그것도 아니면 정확히 어떤 뜻일까?

　대학교에 입학할 즈음을 떠올려 봤다. 그때 나는 정말 돈이 '없었'다. 학비는 직접 내라는 말, 그리고 용돈 주는 건 1학년 때까지라는 말에 꽉 짓눌려 지냈던 게 떠오른다. 학교는 내가 다니는 거니까 직접 내는 게 맞긴 한데, 그땐 마음이 너무 무거웠다. 어떠한 말의 무게감을 완전히 흡수하고 무거움 전체를 떠받들려는 성격 때문에 더 그럴 수도 있다.

'몇 백, 몇 천 만 원을 내가 어떻게 내지? 낼 수는 있어? 갚을 수는 있나? 노는 것도 돈이지만 공부하는 것도 돈이구나. 사는 건 다 돈인가 봐⋯⋯.'

쓸쓸함을 느끼며 성인이 되었다. 다행히 공무원 자녀 학자금 대출을 받긴 했지만, 그 또한 내가 갚아야 할 빚이란 생각이 머릿속에 가득 찼다. 돈이 대체 뭐길래 몸과 마음을 이렇게 무겁게 하는가.

장학금을 타려고 발악하기 시작했다. 용돈을 벌기 위해 아침 일찍부터 빵집 아르바이트를 하다가 수업을 들으러 갔고, 수업이 끝나면 또 빵집을 향했다. 그러면서도 틈틈이 도서관에 머물렀고, 과제는 완벽하게 해서 제출했고, 시험 준비도 철저히 하면서 장학금을 받으려고 노력했다.

돈이 없으니 나날이 선택의 연속이었다. 친구들이 치맥을 먹으며 밤늦게까지 노는 게 부러웠다. 하지만 참았다. 그래서 당시에는 친구들과 뭔가를 함께 먹고 n분의 1로 정산할 때도 '100원'까지 꾸역꾸역 다 받아야 하는 상황이었다. 다른 방법이 없었다.

졸업 후에 취직을 했더니 월급이란 것 덕분에 숨통이 트이는 것 같았다. 그래도 작은 회사라 월급이 워낙 적은 곳이어서 돈을 아껴야 한다는 생각이 늘 머릿속에 자리 잡고 있었다. 점심시간에는 굳이 카페에 가서 커피를 마시고 싶지 않았다. 후식 안 먹고 아끼는 게 낫다고 생각했고, 꼭 커피를 마셔야겠다 싶을 때는 자연스럽게 편의점이나 마트에 가서 원 플러스 원, 투 플러스 원 행사를 하는 싼 커피를 사 오곤 했다.

무언가를 살 때는 가성비와 실용성을 곰곰이 생각하곤 한다. 물론 나도 실수는 해봤다. 불필요한 물건을 사본 적도 있다. 가격이 싼 액세서리류 같은 것을 사고 나서 후회한 적도 있다. '이런 사치품류는 안 사도 됐는데. 안 필요한데 괜히 샀네……' 그럴 땐 진심으로 반성한다. 불필요한 건 사지 말자, 하고 다시 다짐하면서.

사고 싶은 욕구가 올라올 땐 꼭 생각했다. '그걸 안 사면 진짜 큰일 날 것 같은 느낌'인가? 아니면 '두고두고 후회할 것 같은 느낌'인가? 그런 게 아니면 안 사도 되는 거 아닐까? 돈이 없는 상황에는 아끼는 게 최선이니까.

그런데 돈을 그렇게 안 쓰면 어떻게 살지? 인생이 즐거울 수 있긴 한가? 인간관계 유지하는 것도 가능한가?

가능하다. 다 괜찮다. '장기적인 행복이 확실하면 쓴다'라는 세웠기 때문이었다. 아끼는 건 중요하지만 무작정 아낀다고 해서 좋은 건 아닌 것 같다. 돈을 어떻게 쓰는 게 좋은지도 조금씩 연습해 봐야 잘 쓰는 법을 알지 않을까?

돈으로 살 수 있는 '행복'이 무엇인지를 생각해 봤다. 나는 무엇을 할 때 행복한가? 어떨 때 돈을 쓰고 싶은가? 여기서 중요한 건, 그 행복이 단기적으로 금방 끝나버리는 건지, 아니면 오래오래 남는 건지, 또 나에게 얼마나 도움이 되고 가치가 있는지를 신중하게 고민해 봐야 한다는 점이다.

인생에 있어서 '소확행(소소하지만 확실한 행복)'도 중요하지만, 돈을 쓰는 데에는 '오확행'도 정말 중요하다는 결론이다. '오확행'이 뭐냐 하면, '오래 가는 확실한 행복'이다. 참고로 이건 내가 만든 단어다!

우리, 다 행복하려고 사는 거잖아. 불행하려고 사는 거 아니잖아. 그렇지 않아? 그러니 이 오확행 개념이 멀리멀리, 많은 사람들에게 퍼졌으면 좋겠다.

행복해질 힘

내가 지금 행복하지 않은 가장 큰 이유는 '내가 원하고 있는 게 원하는 대로 되지 않기 때문'이다. 내 인생인데, 내 생각대로 되지 않고, 내 마음만큼 되지 않아서 행복하지 않고 속상함과 무기력함이 쌓인다. 무기력함이 쌓이다 보면 나중에 할 수 있게 되었을 때조차도 하지 못한다고 지레 생각하며 포기한다.

그럴 때 해야 하는 건, 내가 내 마음대로 할 수 있는 걸 하는 거다. 확실하게 내가 스스로 할 수 있는 것, 누구도 나를 저지할 수 없는 그런 것. 그런 것들을 하다 보면 행복감과 성취감이 쌓여서 다시 행복해질 힘이 생긴다.

그래서 나는 무기력해질 때마다 가야금을 꺼낸다. 12현 혹은 25현 줄을 뜯고 튕기면서 행복을 누린다. 나, 좀 잘하는데? 하면서 뿌듯해질 때쯤(사실 허리가 아파올 때쯤) 도로 가야금을 넣는다.

　내가 직접 조종할 수 있는 작은 행복은, 결국 큰 행복으로 이어지기 마련이다.

해피라이팅

행복? 그거 별거 아니다.

늦잠 푹 자는 주말이 오면 행복해진다. 그런가, 안 그런가?

산책하는 강아지들 보면 행복해진다. 그런가, 안 그런가?

좋아하는 노래 듣다 보면 행복해진다. 그런가, 안 그런가?

맛있는 거 먹다 보면 행복해진다. 그런가, 안 그런가?

여기저기에서 웃는 사람들 덕분에 또 행복해진다. 그런가, 안 그런가?

〈범죄도시2〉 영화에 나온 손석구 배우의 명대사가 떠오른다. 그거 따라해 봤다.

"너, 행복한 거야."

답정너

　사람들은 누구나 '답정너' 기질이 있다. 정도의 차이가 있을 뿐. ('답정너'는 답은 정해져 있으니 너는 그걸 말하면 돼! 라는 뜻.) 마음속에 듣고 싶은 말이 숨어 있는 거다. 그걸 꼭 듣고 싶어서 유도하는 사람도 많다. 실은 너무 심하게 유도하는 것 같으면 말해주기 싫었다. 알면서도 일부러 더 말해주지 않았다.

　그런데 다시 생각해 보면, 그 말이 그 사람한테는 꼭 필요한 말일 수 있었다. 정말 중요한 말일 수도 있었다. 그래서 답정너 질문에 최대한 예쁘게 말해주기로 마음을 바꿨다. 그 말로 상대가 행복해질 수 있다면 꽤 의미 있는 행동이지 않을까? 서로에게 답정너가 되어 준다면, 세상이 예쁜 말, 힘 나는 말, 따뜻한 말로 가득해질지도 모르겠다.

지금 너는 어떤 말이 제일 듣고 싶어?

살짝 얘기해 봐.

답정너가 되어줄게.

주문

    사랑에 푹 빠지게 하는 주문이 있다. 모난 돌멩이를 쓰다듬으면 둥글어지듯이. 둥근 돌멩이를 쓰다듬으면 윤기가 나듯이. 예쁘다 예쁘다 하면 더 예뻐지고. 귀엽다 귀엽다 하면 더 귀여워진다. 고마워 고마워 하면 더 잘해주고 싶고. 좋아해 좋아해 하면 더 두근거린다. 사랑해 사랑해 말하면 더 사랑하는 기분이 들고, 더 사랑해 주고 싶기도 하고. 식물을 키울 때도, 동물을 키울 때도, 사랑을 키울 때도 예쁜 말을 해야 하나 보다.

    오늘따라 더 예쁘게, 곱게, 부드럽게 쓰다듬어 주고 싶은 날이다.

자그마한 것들

요즘 자그마한 것들에 빠졌다. 자그마한 키링. 자그마한 스티커. 자그마한 고양이. 자그마한 손가락. 자그마한 이모티콘. 분명 너무나 자그마한데도 보고 있으면 행복해져서, 행복이 차곡차곡 쌓여가는 기분이 들어서.

작아 보이는 것들이 작지 않다는 것을 새삼스럽게 느끼며 사는 게 삶인지도 모른다.

행복의 비밀

행복한 일은 매일 있다고?

아니다.

왜냐하면, 매분 매초 있기 때문이다.

밤, 피곤한 채로 누우면 베개가 푹신해서 행복하고, 손이 시린 날에는 손난로가 따뜻해서 행복하고, 지나가다 귀여운 아기와 눈이 마주치면 눈웃음에 행복하고, 아이스 아메리카노 한 잔이 시원해서 행복하고, 월급이 들어온 날에는 또 맛있는 걸 먹을 수 있겠다 싶어서 행복하고, 친구랑얘기할 땐 생각이 통해도, 통하지 않아도 마냥 행복하다. 역시 행복은 곳곳에 있다.

힘들면 좋아하는 거 떠올리고, 지치면 좋아하는 사람 떠올리고, 좋아하는 것을 계속 상상한다. 가끔 잊어버릴 때도 있긴 하지만, 매 초침 소리마다 행복이 숨어 있다는 걸 기억하려고 한다. 꺼내기만 하면 되니까.

우리가 째깍째깍 행복하면 좋겠다.

여행

대학교 졸업을 앞두고 아빠와 시간을 맞춰 둘이 베이징 여행을 다녀온 적이 있다. 학교를 통해 갔던 해외문화 체험을 제외한다면 처음으로 가는 진짜 해외여행이었고, 아빠는 인생 첫 해외여행이었다. 3박 4일 패키지였는데 긴급 모객 특가로 나와서 1인당 총 비용이 19만 원 정도였다.

여행 내내 신났고 행복했고 재미있었다. 아빠도 그래 보여서 함께 다녀오길 잘했다 싶었다. 그때 분명하게 깨달았다.

'난 여행을 무척이나 좋아하네. 돈을 잘 모아서 여행을 또 다녀오면 어떨까? 나중에 책을 쓸 때 도움이 많이 될 것 같아.'

당시 나에게 19만 원은 정말 큰돈이라 고민이 많이 됐지만 지금까지도 좋은 추억으로 생각나는 거 보면 참 잘 다녀왔구나 싶다. 여행은 분명 장기적인 행복이었다. 인생에 오래오래 남는 소중한 기억이었고, 작가라는 직업 특성상 글을 쓸 때도 큰 도움이 될 수 있었다. 나의 행복이자 새로운 경험, 미래에까지 투자하는 거라면 기꺼이 돈을 써도 되겠다고 생각했다.

여행 때문에 갑자기 큰돈이 빠져나가면 부담스럽게 느껴질 수 있다. 그래서 따로 적금 계좌를 하나 만들어서 다달이 5만 원, 혹은 10만 원 정도씩 모았다. 그랬더니 1~2년에 한 번 멀리 떠나는 건 충분히 가능해졌다. 해외여행은 상당히 비싸게 느껴지지만, 미리 준비하면 저렴하게 다녀올 수 있다. 여행 비수기 시즌, 평일, 특가 잡기, 한참 전에 예약하기, 긴급 모객 패키지 상품 등을 적절히 이용하면 싸게 다녀오는 게 가능해진다.

누군가는 매월 어딘가로 얼마씩 후원을 하는 게 오확행일 수도 있고, 또 누군가는 자전거를 타는 것, 또 누군가는 요리 학원에 다니는 것이 오확행일 수 있다. 또 누군가는 무언가를 배우는 것일 수도 있다. 마음에 오래 남음과 동시에 미래로 성장해 가는 과정일 수 있다.

돈이 살아가는 데 중요한 건 인정하지만 인생에 돈이 전부는 아니니까. 힘들게 벌고 모은 만큼 잘 쓰면 된다. 적게 벌었다면 쪼개서 쓰면 된다. 많이 벌었다면 많이 쓰…는 건 모르겠지만 어쨌거나 계획을 잘 세워서 쓰면 된다. 어떻게 써야 즐겁고 행복한지를 알수록, 그리고 가치 있게 쓸수록 더 행복한 인생이 될 거다.

그러니까 행복해지려면, 가장 중요한 건 '내가 나를 아는 것'이 아닐까? 지피지기 백전백행知彼知己 百戰百幸이므로.

파워블로거

맛있는 음식을 자주 먹으러 다니고, 헤어숍이나 마사지숍도 종종 가고, 원데이클래스 같은 취미 생활도 하면서 '돈은 별로 없지만 하고 싶은 건 다 해보는' 생활을 하는 사람을 보면 무슨 생각이 드는가?

나는 이런 생각을 한다.

'저 사람도 블로그 하나 본데?'

왜냐하면 맛집 탐방이나 체험 등을 하러 가는 게 내 일상 중 하나이기 때문이다. 블로그 덕분에 가능해졌다. 처음에는 블로그에 좋아하는 노래 목록을 적어두고 간단하게 일상이나 써보려고 시작했는데, 꾸준히 하다 보니 규모가 커졌다. 방문자 수가 점점 많아지자 3년 전쯤부터 맛집이나 미용실 초대 쪽지가 하나둘씩 오기 시작했다. 덕분에 협찬을 받아서 돈을 내지 않고 식사를 하거나 재미난 여러 체험들을 하게 되었다. 예약을 하고, 직접 가서 음식점 사진과 음식 사진, 영상을 찍으면서 먹으면 된다. 혹은 체험하는 내용들을 잘 찍으면서 즐거운 시간을 보낸다. 집에 돌아온 다음에는 내 블로그에 솔직 후기를 써서 올리면 된다.

처음엔 돈을 안 내고 나오니까 기분이 이상했는데, 꾸준히 지속해 온 성실함에 대한 보상으로 생각하기로 했다. 이건 '무료'가 아니다. 사진을 찍고, 선별하고, 한 자 한 자 정성스레 글을 쓰다 보면 두세 시간이 순식간에 흐르기 때문이다. 맛있게 다녀온 다음 후기를 올리면 그게 음식점 사장님 입장에서도, 블로거 입장에서도 서로 윈-윈이 되는 셈이다. 물론 '내돈내산(내 돈으로 내가 직접 산)' 후기도 쓴다. ("저 파워블로거인데요. 이거 해주세요"라고 말하는 '갑질'은 하고 싶지 않다.)

친구들에게 '블로거로 활동하는 거 보면 어떤 느낌이야?'라고 메시지를 보내봤다. 그러자 답장이 이렇게 왔다.

'파블이 진짜 있긴 있구나 싶지. 심지어 내 옆에 있다니.'

'이게 되네? 진짜 신기하다. 좋겠다. 이런 느낌?'

'솔직히 개꿀 같은데 나도 해볼까? 쉬워 보인다, 그렇게 생각했어. 근데 정작 해보니까 하루도 못 하겠다. 어려워.'

정리하자면, 돈을 들이지 않고 삶을 즐길 수 있는 방법을 적절하게 활용하면서 일상을 즐기고 있을 뿐이다. 그래서 여느 사람들 눈에 잘 사는 것처럼 보이는 거 아닐까.

지금 내 블로그는 프리랜서의 삶을 지탱해 주는 중요한 버팀목이자 먹거리 걱정을 조금 덜어주는 고마운 존재가 되어 있다. 확실히 이야기하고 싶은 건, 나는 내가 파워블로거가 될 줄은 전혀 생각도 못했다는 거다. 그냥 쭉 했는데 어느 날 되어 있었다. 당장은 도움이 되지 않는 것 같아도 오래오래 하다 보면 보상이 올 수도 있다는 걸 몸소 깨달은 셈이다.

단기적으로 이루어지는 일이 뭐 얼마나 있겠는가. 빨리 해내려고 욕심을 부리면 오히려 힘들다. 그러니 지속적으로 할 수 있는 일을 조금씩이라도 해두자. 기대하지 말고, 어깨에 힘을 빼고 꾸준히만 해보자. 천천히 쌓아보자. 그게 결국 나의 성취감이 되고 살아가는 힘이 될 테니까.

'잘 산다'의 정의

어느 유튜브 영상을 보다가 이런 대사를 들었다.

"우리, 다이소에 기쁨 사러 갈래?"

몇 번을 되뇌었다. 정말 기막힌 명대사다.

어떤 상황에서든지 먹고살 구멍은 있다. 찾으면 된다. 없으면 만들면 된다. 그런 와중에도 행복한 부분도 있기 마련이다. 찾으면 된다. 없으면 만들면 된다.

지금, 당장 돈이 없으면(적으면) 안 쓰면 된다. 최소한으로 쓰면 된다. 안 필요한 건 안 산다. 할인받을 수 있는 건 무조건 이용한다. 적립할 수 있는 게 있으면 무조건 적립한다. 쿠폰이 뜨면 계획적으로 사서 적절한 때에 사용한다. 이렇게 계획적으로 지내면 돈 나가는 것을 확실히 줄일 수 있다.

포인트나 캐시가 적립되는 만보기 앱도 활용해 보고, 클릭해서 적립되는 게 있다면 눌러본다. (그렇다고 개인정보를 쉽사리 팔아넘기진 말자. 이상한 링크도 조심해야 한다.) 대중교통은 환승 시간을 최대한 이용해서 교통비가 덜 나가도록 하자. 교통비 캐시백 100원이 통장에 들어오는 카드를 써보는 것도 좋다. 100원 캐시백이 된 걸 확인하면 기분이 좋아진다. 여전히 100원도, 10원도 소중하게 생각하고 있기 때문이다. 티끌 모아 티끌이라지만, 이 또한 습관이 되는 거고, 누적되면 간식이 된다. 만보기 앱으로 1원씩 돈을 모으고 또 모아서 사 먹는 편의점 커피란 얼마나 시원한지.

어쩌면 친구들이 나를 제대로 본 건지도 모른다. 각자의 '잘 산다'의 기준이 달랐던 거니까, 나는 진짜로 '잘 살고' 있는 건지도 모른다. 누군가는 나를 보면서 '회사도 안 다니고 저렇게 살면 안 불안한가?' 의아해하겠지만, 그래도 괜찮다. 내가 삶을 즐기고 있다는 건 확실하기 때문이다. 내가 할 수 있는 선에서 최대한 즐기고 있으므로. 불안하지만 동시에 행복하므로.

지금 안 했다가 나중에 후회할 것 같은 일들은 해보려고 한다. 후회할 것 같다면, 해보는 게 맞으니까. 어차피 인생 한 번 산다는데.

그러니까 '잘 산다'의 정의는 내가 내려야 하는 거겠지? 그렇겠지?

취미가 뭐예요?

친구를 만나 쌀국수를 먹다가 최근에 힐링되었던 거 뭐 없냐고 물었다. 친구는 없다고 했다. 나는 재차 물었다.

"그래도 뭐 없어? 회사에서 즐거웠던 일 같은 거."

"없는데……. 아! 우리 회사 건물 정전됐었어."

"헐! 그래서?"

"다들 일 못하고 놀았지 뭐."

"우와! 신났겠는데?"

"맞아, 완전 신났어. 중간에 일하던 게 날아간 사람은 슬 펐겠지만, 대체로 좋아하던데."

"대박. 일 아예 못하잖아."

"그치. 그날 한 시간쯤 후에 그냥 퇴근하라더라."

"재밌네."

"말하다 보니까 또 생각났어. 여름에 엄청 더운 날 있잖아. 회사가 전 직원한테 아이스크림 쏠 때가 있어."

"진짜?"

"응, 전날에 공지가 내려와. 내일 아이스크림 쏠 거라고."

"전날에 공지까지 해준다고?"

"응. 편의점에 있는 냉동고 있잖아. 그런 거를 회사 1층으로 가져와. 그럼 각자 내려가서 먹고 싶은 거 꺼내간다."

"와, 냉동고까지 옮겨올 줄은 몰랐네. 그럼 추운 날에는 호빵 주나?"

"아직 호빵은 준 적 없고, 아침에 뜨끈한 오뎅국이랑 떡볶이 줄 때 있어. 구내식당 가서 각자 알아서 받아오면 돼."

"우와. 좋은 회사네?"

"그런가? 겨우 이런 걸로?"

"겨우가 아니지 않나?"

"그런가?"

잠깐 상상해 보니 기분이 꽤 좋아졌다. 이런 사소한 것들이 힘을 주고 미소를 만드나 보다. 떠올리기만 해도 기분이 좋아지면 좋은 거 아닐까.

"그런데 그건 회사에서 해주는 거고, 요즘 취미 생활은 어때? 전에 취미로 그림 그렸잖아."

"아…. 요즘은 안 그려."

"왜?"

"회사 다녀오면 누워만 있고 싶어."

"그림 그리면 힐링된다며?"

"그랬나? 모르겠네."

"새로운 취미 없어?"

"없어, 없어."

친구랑 이 대화를 한 이후로 한동안 주변인들에게 비슷한 질문을 하고 다녔다. 그런데 취미가 어떤 거냐는 질문에 바로 대답하는 사람이 드물었다. 놀랐다.

한 친구는 한숨을 쉬며 말했다.

"너무 지쳐서 취미를 할 힘이 없어."

또 다른 친구는 이렇게 말했다.

"취미가 있다는 거 자체가 집에 여유가 있거나 돈이 많다는 거 아니야?"

또 어떤 친구는 이렇게 말했다.

"나는 MBTI가 I라서 취미가 없어."

그렇구나, 하며 고개를 끄덕였다. 반박하는 말은 하지 않았다. 하지만 속으로는 이렇게 생각했다.

'나도 자주 지치지만 취미는 하는데…. 돈이 많은 게 아니지만 취미는 하는데…. 그리고 나도 I지만 취미는 늘 있었는데….'

일반인들이 출연하는 연애 예능 프로그램 〈나는 솔로〉를 보다가 들었던 대사가 떠올랐다. (찾아보니 7기에 등장한 한 남자분이 말한 거였다.)

"평소 안 해본 것을 해보는 게 취미입니다."

듣자마자 실제로 "우와!" 소리를 뱉으며 감탄했다. 안 해본 걸 해보는 도전 정신에 박수를 치고 싶었다.

취미는 사치가 아니다. 취미는 있어도 그만, 없어도 그만? 글쎄, 아닌 것 같다. 취미는 나를 살게 하는 숨구멍이자 에너지를 채워주는 원동력이라고 생각해서. 독서라거나, 뜨개질이라거나, 운동이라거나, 혹은 자는 게 취미일 수도 있다. 맛있는 음식을 먹는 게 취미일 수도 있다. 귀여운 고양이 영상을 보는 게 취미일 수도 있다. 취미는 뭐든 될 수 있지 않을까. (단, 타인을 침범하지 않는 선에서) 나에게 최고로 힘이 되는 걸 아직 못 찾아서일 수도 있다. 물론 쉬는 것도 좋다. 쉬는 건 중요하다. 쉬는 것만큼, 혹은 그 이상으로 행복해지는 취미를 찾으면 좋겠다는 이야기다.

나한테 돈이 아주 많다고 하자. 죽을 때까지 돈 걱정을 할 필요도 없고 일할 걱정도 없다고 하자. 그리고 내가 뭘 하든 남들은 뭐라고 하지 않는다면? 그럼 난 무엇을 하고 싶을까? 마음속 깊은 곳에 접어서 담아두었던 무언가를 하나쯤은 꺼낼 게 있지 않을까?

살아갈 수 있도록 하는 힘을 주고, 인생을 조금 더 즐길 수 있도록 하는 그 무언가가 취미니까. 힘을 내서 해야 되는 거 말고, 힘없이 해도 마음이 채워지는 기분인 그 무엇. 취미는 딱 고정되는 것도 아니다. 살면서 매번 새로워지거나 달라질 수도 있다. 취미가 다양해서 '취미 부자'인 사람들도 있듯이.

내 마음과 눈을 반짝이게 해주는 취미를 찾으면 팍팍한 삶이 조금은 맛있어질 거라 생각한다.

도전

당신이 안 해본 것들을 해봤으면 좋겠다. 해봤던 것들을 또 하는 것도 좋지만, 알고 있는 영역 그 바깥에 대한 순수한 호기심으로, 새로운 경험을 쌓다 보면 인생이 다시 즐거워지고 색다르게 느껴질 수 있으니까, 안 해봤던 것들을 조금씩 도전해 보면 좋겠다. 약간의 양념이 다른 맛을 내듯이. 조금의 변주가 다른 음악이 되듯이. 신선한 풍부함을 느끼고 나를 다채롭게 확장하기 위해. 일상에서 아주 작은 거 하나만 달라져도 크게 달라지는 느낌이 들 때가 있는 것처럼. 작은 경험과 도전이 더 다채롭게 살 수 있게 해준다.

찔러보기

　나는 머리가 무거운 사람이었다. 뭘 해도 생각이 가득 차고 머리가 쉽게 무거워져서 안 될 것 같다는 걱정과 불안을 크게 느끼곤 했다. 주변에서 부정적인 얘기들을 너무 많이 듣다 보니 겁도 많아지고 이건 진짜 아닌가 싶고. 응원을 좀 받았으면 좋겠는데 세상은 자꾸만 안 된다고 하고.

　그런데 그러다 보면 시작을 아예 못하게 된다는 걸 깨달았다. 못 해본 것들은 가슴 한편에 박힌다. 그리고 빠지질 않아서 후회하게 된다. 그래서 나는, 주변 사람들한테 하고 싶은 건 일단 해보라고 말하는 편이다. 직접 해보고 아니다 싶으면 멈추면 되는 거니까. 현실을 내던지고 그것만 하라는 말이 아니다. 내 패를 다 까라는 말도 아니다. 다만 내가 평소 머리가 무거운 성향이라면 아주 약간만 다르게 해보자는 거다. 어렵게 생각하면 한없이 어두워지고 무겁게 생각하면 한없이 가라앉게 되니까. 조금은 덜 무겁게, 그리고 부정적인 게 커 보인다면 조금은 긍정적으로. 못 먹는 감 같은데 먹을 수 있나? 싶으면, 한번만 찔러볼까? 하고 생각해 보자.

심호흡 크게 하고 찔러보는 거다. 고민하면서 괜히 시간 보내지 말고, 행동하면서 시간 쓰는 게 좋겠다. '지금'은 안 돌아오니까. 시작은 반이 아니다. 반 이상이다. 못 먹는 감 찔러나 보자, 하는 심정으로 시작해 보면 된다. 그냥 해보면 된다.

한번 해본다고 큰일 나지 않는다.

해는 왜 뜰까

해는 왜 뜰까? 날짜는 왜 지나갈까? 시간은 왜 고장이
안 날까? 지구는 왜 돌까? 그래, 그것들은 그렇다고 치자.
제일 이상한 게 있다.

월요일은 왜 이렇게 빨리 올까?

주말인가 싶으면 또 월요일 아침이 된다. 프리랜서로 지
내도 월요일은 달갑지 않은 것 같다. 이렇게 살면 되는 건
가? 싶고. 매일매일이 비슷하다고 느끼고 있다면 새로운
무언가를 해보는 수밖에 없는 걸까. 새로운 친구를 사귄다
거나, 새로운 장소를 가본다거나, 새로운 동선을 짜본다거
나, 예전에 포기하거나 접어두었던 것을 살짝 펼친다거나.

다들 먹고살자고 일하고 있고 잘 살아보려고 돈 버는 건
데. 하고 싶은 건 조금씩이라도 꺼내면서 살자.

그러니까, 해는 왜 뜨냐면, 새롭게 해 보라고 뜨는 거야.

오늘도 해 봐.

내일도 해 보고.

계속 해 보는 거야.

꽈배기와 바나나

전부 다 꼬였다. 생각이 꼬여서 머리가 아프고, 장기가 꼬여서 밥 먹은 게 체하고, 손이 꼬여서 아무것도 안 쳐지고, 기분도 꼬여서 아무 생각도 안 나고.

나는 대왕 꽈배기인가.

그런 생각을 하며 잠을 설쳤고, 아침에 피곤한 몸을 이끌고 집을 나섰다. 마실 거라도 사야겠다 싶어 편의점에 들어갔다. 따뜻한 공간으로 들어가자 순식간에 안경에 김이 서려 뿌예졌다. 탄산수와 따뜻한 블랙커피를 집어들고 계산을 끝내는데, 갑자기 아주머니께서 질문하셨다.

"바나나 좋아해요?"

"네?"

잘못 들었나 싶었다. 어리둥절한 표정을 짓자, 아주머니는 또박또박 다시 질문하셨다.

"바나나, 좋아해요?"

"아, 네."

"그럼 이거 먹어요."

하시고는 바나나를 쓱 내미셨다. 얼떨결에 받았다. 전혀 모르는 분이고 거의 안 가는 편의점인데 대체 왜? 아빠가 늘 말씀하시길, 모르는 사람이 맛있는 거 주면 함부로 따라가지도 말고 함부로 먹지도 말라 하셨는데, 그냥 그 순간만큼은, 바나나를 받아든 순간만큼은 마냥 좋았다.

감사합니다, 를 두 번 말했다.

아주머니도, 나도, 바나나도 미소를 짓고 있었다.

따스한 겨울 아침이다.

하나

세상엔 참 예쁜 사람 많고 멋진 사람 많다.

당신도 그중 하나다.

여기서 중요한 단어는 '그중'이 아니고 '하나'라는 거다.

쉽게 쉽게

오래오래 사랑하고 좋은 관계를 유지하려면 좋은 말은 조금 쉽게 말해주고, 좋지 않은 말은 진짜일 때만 말하면 된다. 상대방이 한껏 꾸몄다면 예쁘다, 멋지다, 최고다 쉽게 쉽게 말해주자. 나를 배려해 줬다면 고맙다, 감동했다 쉽게 쉽게 말해주자. 또 두근거리면 오늘도 좋아한다, 사랑한다 쉽게 쉽게 말해주자. 누구 때문에 힘들면 무엇무엇 때문에 힘들다고 지쳤다고 진지하게 말하면 된다. 더는 못 이어갈 관계라면, 진심으로 끝이라면 그만 만나자고 진지하게 말하면 된다. 예쁜 얘기는 쉽게, 힘든 얘기는 진짜일 때만 조심스럽게.

말하지 않아도 알겠지, 는 나만의 생각이라 직접 말하지 않으면 상대방은 진짜 모를 수 있다. 내 마음과 상대 마음은 서로 다를 확률이 훨씬 높고, 어제의 마음과 오늘의 마음은 또 다를 수 있기 때문이다. 그러니까 자주 알려주는 게 좋다. 나를 상대에게 알려주고, 그리고 상대방을 자주 알아보자. 상대는 어떠한지 살피는 것이다. 계속 얘기를 나누고 바깥으로 꺼내면서, 나를 알려주고 너를 알아가는 것, 그게 진정한 관계다. 어렵게 생각하면 어렵지만, 쉽게 생각하면 쉽다.

누구든 오래오래 함께하고 싶은 사람과 쉽사리 행복하면 좋겠다.

아낄 게 얼마나 많은데

표현에 유난히 인색한 사람들이 있다. 왜 그럴까 싶다. 세상에 아낄 게 얼마나 많은가. 돈 아껴야지, 시간 아껴야지, 물 아껴야지, 그 외에도 얼마나 많은가. 그렇지만 사람들이 마음만큼은 아끼지 않았으면 좋겠다. 삶이 얼마나 짧은데, 마음 아껴서 뭐할 건가 싶다. 맛있으면 맛있다고 얘기하고, 기분 좋으면 좋다고 표현하고, 사랑하면 사랑한다고 말하고, 고마우면 고맙다고 말하고, 그렇게 마음 펼치면서 살았으면 좋겠다.

후회는, 언제나 그 자리에 있을 것 같고, 언제나 볼 수 있을 것 같은 무언가를 놓친 순간부터 시작된다. 지나고 나서 후회하는 경우도 있다. 다 때가 있는 건데, 왜 안 했을까 싶은 것들. 마음에도 때가 있으니 지난 다음에야 아차! 하며 후회하지 말고, 속에 꽁꽁 붙들어 매지 말고, 꼭 드러냈으면 좋겠다. 내가 겉으로 표현한 만큼 나도 받게 될 거니까.

웃음소리에 들어 있는 것

일 관련 미팅을 하다가 중간에 재미난 대화가 있었다. 그때 나는 정말 크게 웃었고 상대도 꽤 크게 웃었다. 뭐가 그리 재밌었는지 기억은 안 나는데, 둘이서 한참을 웃었다. 일명 '빵 터진' 상태였다.

서로의 웃음이 조금 잦아들었을 때 상대방이 질문했다.

"진짜 자신감이 어디서 보인다고 생각하시나요?"

"음, 표정에서 드러나지 않을까요?"

"저는 웃음소리에서 느껴진다고 생각해요."

그때 아! 하고 머릿속 전구에 불이 켜진 느낌이었다.

사실 자신감은 나를 믿는 힘, 그리고 나의 미래에 대한 기대감, 그리고 내가 나를 높이 평가하는 마음, 그리고 주변이 나를 믿어준다는 믿음 같은 것이다. 이중에 하나라도 있으면 웃음소리가 밝고 힘차진다. 게다가 웃는 것만으로도 상대에게 그 마음이 전해지니까. 웃자. 같이 웃자. 웃음소리를 듣고 나누면서, 자신감도 서로 올리면서. 오늘 조금만 더 웃기로 하자.

공감 잘하는 방법

어느 날 동생이 의아한 목소리로 물었다.

"누나는 왜 그렇게 리액션이 좋은 거야?"

"어? 내가?"

나는 내가 리액션이 좋은 편인 줄 몰랐다. 정말 몰랐다. 누군가 뭔가를 말하면 고개를 끄덕이는 건 기본이라고 여겼고 중간중간 추임새 정도 넣어줄 뿐이었는데.

"이 정도는 다들 하는 거 아니야?"

동생은 아주 단호하게 "아니야"라고 했다.

기본적으로 나는 말을 하기보다는 듣는 성격이기는 하다. 동생이 짚어준 덕분에, 많은 사람들이 내게 자꾸자꾸 말하려고 하는 이유를 깨달았다. 내가 리액션이 좋은가? 리액션을 줄이는 게 낫나? 굳이 줄여야 하나? 나는 그저 딱

세 마디를 할 뿐인데.

"아, 진짜요?"

"오, 그렇군요."

"아이고, 그랬구나…."

일명 아, 오, 아의 법칙. 큰 공감까지는 아니라도, 끄덕임과 추임새 정도만으로도 사람의 말을 자연스럽게 이끌어낼 수 있나 보다.

상대의 말을 '이끌어낼 수 있느냐, 없느냐'는 한끗 차이고 상대의 말을 '얼마나 이끌어 내느냐'도 한끗 차이다. 상대가 자신의 이야기를 자꾸자꾸 꺼낸다면 나를 편안하게 느낀다는 거고, 그만큼 내가 들어주는 능력이나 반응하는 게 괜찮다는 얘기다.

대화를 할 때, 상대방의 말이나 상황에 억지로 공감하거나 대입하지 않는다. 솔직히 직접 겪지 않은 이상 그 감정과 기분을 똑같이 느낄 수는 없는 거니까. 조심스럽게 되물어주거나 "그랬구나" 하고 끄덕여주는 걸로도 충분하다.

만약 누군가와 대화가 잘 안 이어지는 것 같아 힘들다면, 귀를 한껏 열어서 들어주면 된다. 상대가 말한 것을 '인정'해 주면 된다. 누군가가 힘들었다고 하면 아이고, 많이 힘들었구나, 해주면 된다. 뭔가가 맛있었다고 하면 오, 그렇구나, 그게 맛있구나! 해주면 된다. 조금 더 응용을 한다면 '나'를 넣어서 나도 그거 먹어보고 싶다거나 내가 도울 일이 있으면 얘기해, 라거나 '너'와 '나'를 연결하면 된다.

서로 인정을 주고받는 것만으로도 대화는 순조롭게 흘러간다.

함부로 해도 되는 말

1.

고마워. 내 곁에 있어줘서 고마워. 너 아니었으면 내가
이렇게 좋은 사람이 될 수 있었을까. 이런 너를 만나게 되
어서 세상에 감사하고 너에게도 늘 고마워.

2.

축하해. 그렇게 좋은 일이 있었다니! 왜 이제야 말했어?
언제든 말해도 돼. 네가 잘 되니까 나도 기분이 너무 좋다.
너무너무 축하해.

3.

사랑해. 사랑한다는 말은 귀한 말이라 중요할 때만 쓰

는 건 줄 알았는데 아닌 것 같아. 너한테는 꼭 쓰고 싶어.
사랑해. 너무 사랑해. 오늘도 사랑해. 내일도 모레도, 진심
으로 사랑해.

좋아하는 사람

　우리는 살면서 수많은 사람들을 스치고 부딪히고 만나게 되지만 이러한 사람들을 꼭 거치게 되는 것 같다. 예를 들면 나를 힘들게 만드는 사람, 나를 슬프게 만드는 사람, 나를 울게 만드는 사람, 나를 나쁘게 만드는 사람, 나를 억울하게 만드는 사람, 나를 답답하게 만드는 사람. 그리고 또 이런 사람들도 만난다. 나를 친절하게 만드는 사람, 나를 즐겁게 만드는 사람, 나를 행복하게 만드는 사람, 나를 감동하게 만드는 사람, 나를 기쁘게 만드는 사람, 나를 웃게 만드는 사람.

　그리고 나를 나답게 만드는 사람.

　나를 아껴주는 사람도 좋고 나를 사랑해주는 사람도 좋지만, 나를 온전히 나답게 만드는 사람. 그리고 나를 굳이 바꾸려고 하지 않는 사람. 그리고 내 모습을 그대로 인정하는 사람을 만나야 행복한 법이다. 숨길 것 없이, 자연스럽게, 나를 나답게 만드는 사람은 진짜 내 사람이다. 평생 함께해도 좋을 사람이다.

'나를 나답게 만드는 사람'을 만나려면, '나'는 어떤 사람인지 알고 있어야 한다. 나를 알고 내가 원하는 사람을 알아야 그런 사람을 만날 가능성이 올라간다.

당신이 좋아하는 사람을 만났으면 좋겠다. 그리고 좋은 사람을 만났으면 좋겠다. 그 전에, 좋은 사람도 되면 좋겠다. 서로에게 좋은 사람이 되어 준다면 그보다 더 좋은 일이 있을까.

찾고 있는 것들

우리가 찾고 있는 게 뭘까? 당신이 원하는 건 뭔가? 상처보다는 포옹이겠고, 버림보다는 이어짐이겠고, 분노보다는 다정함일 거다.

살면서 깨달은 바가 있다. 내가 받고 싶은 걸 먼저 주고 내가 원하는 걸 먼저 건네면, 돌고 돌아서 더 커진 모습으로 내게 온다는 것. 그게 궁극적인 행복일지도 모른다. 또는, 결국 사랑일 것이다. 그러니까, 우리가 마음속 깊은 곳에서부터 바라던 것은, 마음, 사랑, 그리고 따뜻함들.

작은 바람

뜨거운 사랑은 빨리 식는다고 생각한다면, 차가운 사랑을 해보는 건 어떨까. 조금 조절하면서. 그리고 천천히 데우고 또 끓여서 100도가 넘어갈 때까지. 서서히 뜨거워지는, 달아오르는 사랑을 하자. 따뜻하게 오래오래.

힘들어 하는 사람에게, 다 괜찮아질 거라는 말은 잘 하지 않는다. 섣부른 위로는 하고 싶지 않아서 공감한다는 말도 하지 않는다. 시간이 약이라는 말도 하고 싶지 않다. 그저 덜 아팠으면 좋겠다고 생각하며 토닥인다. 조심스럽고 또 조용하게 사랑한다고 말해준다. 시간보다 더 괜찮은 약은 사랑이니까. 아픈 게 덜했으면 좋겠다. 그렇게 자분자분 나아지면 좋겠다.

오늘 하루는 어땠어?

오늘 하루는 어땠어?

잘 보냈어?

밥은 잘 챙겨 먹었어?

힘든 건 없었고?

왠지 그렇게 물어봐 주고 싶은데, 그 묻고 싶은 말들이
실은 내가 듣고 싶은 말이기도 했다.

오늘도 고생했다고,

오늘도 수고했다고.

가시

많은 이들이 누군가 자기를 안아주고 사랑해주길 바라지. 물론 나도 그래. 이때 중요한 게 뭔지 알아? 나의 가시를 부드럽게 만드는 거야. 뾰족하고 날카롭게 세우고 있으면 과연 누가 안아줄까? 안 그래? 내가 세워봐서 아는데, 가시들 뚫고 오는 사람 거의 없어. 찾기 힘들어. 가시가 어떤 거냐고?

그건 네가 가장 잘 알지 않겠어?

지금 어떤 가시로 누군가를 찌르고 있진 않은지, 다가오는 사람들을 쿡쿡 아프게 하고 있진 않은지, 한번 잘 생각해봐. 확인하려고 하지 않아도 돼. 널 좋아하는 사람들은 충분히 좋아하고 사랑하게 될 테니까. 물론 너의 가시도 사랑하고 너의 모든 걸 사랑해. 나 자신도 사랑해. 서로 사랑할 거면 뭐하러 가시를 세워? 우리 덜 아프게 사랑하고 더 많이 사랑하자. 그렇게 살자.

완벽하다는 말

동국대학교에서 전문교육지원인력 속기사로 일하며 가까워진 청각장애인 학생이 있다. 강의를 듣기 어려운 장애인 학생이 대학교에 학습 도우미들을 요청하면, 학교는 그 학기에 일할 전문교육지원인력(국가공인 자격증을 취득한 속기사 혹은 수어통역사 등)을 모집한다. 서류 전형과 면접시험을 거쳐 뽑힌 인력은 학생의 수업 시간표를 전달받고, 학생과 수업을 같이 들으면서 교수님의 말을 바로바로 속기(혹은 수어 통역 등)를 해주는 방식으로 일하게 된다.

그렇게 만나게 된 동국대 학생은 모교 후배라는 생각이 들어 더 잘해주고 싶었다. 처음 만난 날에는 눈인사 정도만 나누었다. 두 번째로 만난 날에는 수업이 끝나고 함께 충무로역으로 걸어갔다.

걸어가는 내내 우리는 문자 메시지를 주고받았다. 말로는 의사소통하기가 어려웠기 때문이다. 나는 동국대를 졸업했음을 알려주었고 학생은 선배님인 줄 몰랐다며 기뻐했다.

우리는 수업 때마다 거의 옆자리에 같이 앉았고 조금씩 서로를 알아갔다. 수업이 끝나면 고생하셨어요, 고맙습니다, 하는 메시지를 꼭 보내오는 점이 예쁘고 고마웠다. 가끔 학생은 초콜릿이나 음료수 등 간식을 줬다. 그래서 나도 줬다. 친밀감 쌓는 데에는 간식이 최고인지도 모른다.

어느 날, 같이 서서 엘리베이터를 기다리던 중에 학생이 이렇게 문자를 보냈다.

'선생님 키 커서 좋겠어요 나에게 키 5센티미터만 줘요.'

피식하며 답장을 보냈다.

'주고 싶네요 마음은.'

그때 학생은 이렇게 말했다.

'나는 키 크면 부족한 게 없어요 완벽ㅋㅋ'

놀랐다. 스스로를 완벽하다고 할 수 있구나! 많이 배워야겠다고 생각하여 크게 고개를 끄덕이고 있는데, 문자가 하나 더 왔다.

'아 키랑 귀 빼고.'

또 피식했는데 학생이랑 눈이 마주쳤다. 같이 웃었다. 그래도, 키랑 귀 빼고 완벽하다고 말할 수 있다는 것으로도 충분히 놀라운 일 아닌가? 삶에 '완벽'이란 게 과연 있을까 싶지만 결국 '나'는 '내'가 평가하기 나름이니까. 완벽하지 않아도 완벽하다고 말할 수 있는 마음. 참 당당하고 멋진 마음.

중얼거려 봤다.

"나는 완벽하다."

완벽…한가? 그래, 뭐, 한두 가지쯤 부족할 수 있지만 그거 빼면 완벽하다. 우리는 아마 거의 완벽하다. 존재만으로도 충분히 그렇다.

아주

청각장애인 학생에게서 수어를 배웠다. 일상에서 많이 쓰는 쉬운 수어를 간혹 알려줬는데, 그중에 가장 기억에 남는 수어는 '아주'다. 오른손을 주먹을 쥐었다가 가위 모양을 만드는 것처럼 검지와 엄지를 쭉 펴고, 왼쪽 어깨 앞에 가져다 댔다가 오른쪽 어깨로 슥 당겨오는 자세다. '아주, 매우, 정말, 참'이라는 뜻이라서 말을 할 때 강조를 할 수 있었다.

그래서 나는 그 수어를 종종 활용했다. 아주, 좋다! 아주, 크다! 아주, 피곤하다! 아주, 반갑다! 아주, 맛있다! 아주, 감사하다!

내가 '아주'라는 수어를 할 때마다 학생이 웃었다. 모든 수어에 강조 표현을 붙이니까 재미있게 보였나 보다. 그때마다 나도 웃었다.

　세상엔 예쁜 말이 아주 많다. 포근한 생각도 아주 많고. 따뜻한 이야기도 아주 많다. 좋은 사람도 아주 많다. 아주, 아주, 아주.

　그래, 좋은 감정은 특히 크게 느끼며 살아야겠다.

내가 사랑하는 문장들

누구에게나 와닿는 문장이 있을 거다. 가슴을 짜르르 울리는 글귀 말이다. 그건 명언일 수도 있고, 누군가의 조언일 수도 있고, 소설 속 한 문장일 수도 있고, 노래 가사일 수도 있다.

나는 중학생 때 국어교과서에서 만난 시의 한 행에 꽂혔다.

'물먹은 별이, 반짝, 보석처럼 백힌다.'

정지용 시인의 시 〈유리창1〉에 나온 구절이다. 처음 읽었을 때 커다란 세계가 열린 기분이었다. 열렸다기보다는 그냥 훅 들이닥친 기분이었다. 첫눈에 반했고 평생 사랑할 문장이 되었다.

그리고 대학생 때 두 번째 문장을 만났다. 한 선배가 내게 책 선물을 해주었는데, 그때 책 앞에 이러한 글귀를 적어준 것이다.

'네가 좋아하는 일을 지겹도록 했으면 좋겠어.'

순간 울컥했다. 한참을 보고 또 봤다. 좋아하는 일이 지겨워질 수가 있을까? 권태기는 올 수도 있겠지만 좋아하면 결국 떠나지 못하니까. 자꾸만 떠오르고 맴돌 수밖에 없으니까.

최근에 만난 세 번째 문장은 이것이었다.

'관심이 가는 곳에 재능이 있다.'

아……. 너무 맞는 말이구나 싶었다. 하루 종일 생각했고, 며칠 간 계속 생각했다. 친구들에게도 말했고, 심지어는 지금도 생각하는 중이다. 내가 흥미가 있고 관심이 생기는 분야는 나도 잘할 수 있다는 거다. 좋아하니까.

사람에게 첫눈에 반한다는 말은 별로 믿지 않는데(사람마다 다르겠지만), 오히려 문장에 첫눈에 반한다는 말은 믿는다. 내 인생을 만들어주고 있는 문장들 덕분에 내가 또 나아가나 보다.

앞으로 또 만나게 될 다음 문장들이 기다려진다.

웃음

당신의 웃음 속에 담겨 있던 것들 중에서 가장 커다란 게 무엇인지 생각해본 적 있는가? 웃음이 나오게 하는 그 무언가가 있기 때문에 우리는 계속 살아갈 힘이 난다. 당신의 웃음과 나의 웃음이 만나면 잔향은 영원히 남지 않을까.

자꾸자꾸 웃음이 나오는 사람 곁에 있으면 웃음이 돌고 돌아서 끝나지 않는 수건 돌리기를 하는 것 같다. 누군가와 함께일 때 억지로 웃는 거 말고 자연스럽게 계속 웃고 있다면, 그 사람을 잡아야 한다. 행복을 깨워주는 사람이니까. 그다음에, 그 사람을 본 만큼 자기 자신을 보자. 웃는 나를. 나는 이럴 때 웃는구나. 내가 이걸 확실히 좋아하는구나.

웃음이 나오면 참지 말고 웃으면 된다. 울다가도 웃고, 화내다가도 웃고, 밥 먹다가도 웃고, 상상하다가도 웃고.

쉽게 웃을수록 쉽게 행복해진다.

오늘은 조금씩 더 웃자. 우리는 웃는다. 고로 존재한다.

칭찬 대처법

칭찬을 받으면 괜히 막 부끄럽고 아니라고 하고 싶고 그러는 경우가 있다. 나도 그랬다. 온몸이 배배 꼬이면서 아니라고 부정하고 싶다. 하지만 너무 부정해도 예의가 아닌 것 같을 때가 있다. 그래서, 칭찬을 받았을 때 어떻게 하면 되는지 방법을 찾았다.

스을쩍 받으면 된다.

상대방의 칭찬에 웃으며 고맙다고 대답하거나 비슷하게 돌려주면 된다. 예를 들면, "와, 너 뭐뭐 되게 잘한다"라는 말에는 "그런가? 나 좀 잘 하나? 헤헤, 고마워"라는 식으로 웃으며 감사 인사를 하면 된다. 또 예를 들면, "너 오늘 되게 멋지다!"라는 말에는 "그래? 고마워! 멋진 사람 눈에 멋진 사람이 보인대!" 하면서 비슷한 칭찬을 돌려주면 된다.

괜히 막 아니라고 부정하지 말고, 칭찬을 스으을쩍 받아서 또 스으을쩍 주면 쉽다. 잘 주는 것도 중요하지만 잘 받는 것도 중요하니까. 그래야 끊이지 않고, 계속 돌고 도는 흐름이 생긴다.

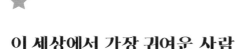

이 세상에서 가장 귀여운 사람

누가 나한테 귀엽다고 말해줬으면 좋겠다고 생각한 적이 있다면? 그럼 일단, 내가 나를 귀여워하면 된다. 나는 귀엽다! 라고 외치는 거다. 그리고 그 자신감으로 내가 귀엽다는 걸 은근슬쩍 인정하게 만들어버리면 된다. 가장 핵심은 뭐냐면, 내가 나를 보는 대로 남들도 본다는 거다. 사랑받고 싶다면 스스로를 사랑해 보고, 예쁨 받고 싶다면 스스로를 예뻐해 보면 된다. 그게 최우선이다. 이 세상에서 가장 귀여운 사람은 바로 '나'다. 모르면 외워두기.

보고 싶다는 말

'보고 싶다'

라고 메시지를 보냈을 때,

'나도'

라는 답장이 왔으면 좋겠다.

마음이 통한다는 게 얼마나 대단한 일인지, 그리고 얼마나 행복한 일인지 느껴본 사람들은 알 거다. 그래서 오늘도 "보고 싶다"고 쓰고 싶다.

노크

사람은 완벽하지 않다. 나도 그렇고, 당신도 완벽하지 않다. 그래서 생각한 게 있는데, 사랑이라는 건 표현을 하는 것보다 더 중요한 게 있다는 거다. 사랑하는 이의 마음을 읽어주는 게 먼저라는 것. 내가 아무리 사랑한다고 표현해도 그건 내 마음일 뿐이기 때문이다. 상대가 어떤 마음일지 알아야 통할 수 있다. 마음을 받을 수 있는지, 서로 나눌수 있는지, 그 사람의 마음부터 이해하려고 노력하면, 그때부터 진짜 사랑이 시작된다.

그러니 마음을 읽은 다음 표현을 하자. 노크하듯 조심스럽게. 사랑은 함께하는 거니까 상대의 마음책을 읽어야한다.

햇살

따사로운 햇살을 받으며 생각했다. 이 햇살들이 사랑으로 이루어져 있다면 어디서든, 누구든 사랑을 받을 수 있을 텐데. 마음이 광역으로 퍼질 수 있다면 좋을 텐데. 내가 그런 마음을 퍼뜨려 줄 수 있는 사람이 될 수 있다면 좋을 텐데.

산타클로스

대학교에 다닐 때였다. 무더위에 찌들어가던 여름, 별생각 없이 자판기에서 시원한 음료수 두 캔을 뽑았다. 그리고 같은 수업을 듣는 후배에게 말없이 슥 내밀었다. 그러자 후배가 눈을 동그랗게 뜨며 물었다. 뭐예요? 나는 무심하게 대답했다. 오늘 덥잖아. 그러자 후배가 웃었다.

"언니, 전부터 궁금했는데, 산타클로스세요?"

"응? 무슨 말이야?"

"선물 주는 걸 너무 좋아하는 거 아니에요?"

"내가?"

"네. 맨날 뭘 자꾸 주시는데요? 한국 산타클로스 여기 있네."

웃음이 터졌다. 덕분에 깨달았다. 나는 내가 좋아하는

사람들에게 내 것을 쪼개서라도 무언가를 주고 있었던 거다. 가족들 생일이나 친구들 생일, 기념일에는 꼭 선물을 챙기는 편이었고, 꼭 중요한 날이나 특별한 날이 아니더라도 작게나마 깜짝 선물을 챙기곤 했다. 그 사람이 유난히 힘들어 보이는 날에는 좋아할 만한 간식 기프티콘이라도 보냈다.

산타로 의심받은 날에 확실히 알게 되었다. 난 내가 좋아하는 사람들이 행복해하면 덩달아 행복해지는 사람이라는 걸. 고가의 선물을 하는 건 어렵더라도 그 사람의 마음을 만져줄 수 있는 선물, 혹은 필요한 걸 자꾸만 챙겨주고 싶어 한다는 걸. 받을 생각으로 그러고 있던 게 아니란 걸.

사람은 선물을 할 때 내가 받고 싶은 걸 선물할 확률이 높다고 한다. 예를 들면, 내가 꽃을 받고 싶었다면 그 마음이 맴돌다가 누군가에게 꽃을 선물하고, 내가 실용적인 물건을 받고 싶었다면 누군가에게 필요할 것 같은 실용적인 선물을 고른다. 즉 무심코 내가 원하는 걸 주고 있는 셈이다. 준 만큼 돌아오지 않아도, 애초에 사랑은 완전한 기브 앤 테이크가 불가능한 영역이기에.

좋아하는 사람들과는 꾸준히 지켜보며 사랑을 줘야 하는 법이니 차곡차곡 쌓여가는 행복이 되겠다. 내가 할 수 있는 만큼 먼저 챙겨주자. 과하게 말고 할 수 있는 선에서. 게다가 행복은 수채화니까. 이렇게 계속 퍼뜨릴 거고, 퍼지고 있으니까, 당신에게도 이 번짐이 닿을 수 있기를.

프레젠티스트

오후 햇살을 쬐며 책 포장을 하고 있었는데 해가 나긋나긋하게 사라졌다. 시계를 보니 세 시간이 훌쩍 지나 있었다. 조금 더 예뻐진 선물들을 보니 기분이 말랑해졌다.

포장이란, 내 마음을 곱게 담는 일. 받을 사람의 마음을 생각하는 일. 좋아할 얼굴 혹은 좋아할 마음을 떠올리며 설렘을 준비하고 나누는 일. 어떤 색 포장지가 더 잘 어울릴까, 어떤 색 리본으로 묶어야 예쁠까, 어떻게 감싸야 풀기 쉬울까, 고민하면 할수록 행복해지는 일.

혹시 나는 평생 선물하며 살아야 하는 사람이 아닐까? 선물이 영어로 프레젠트present니까, 프레젠티스트 한번 해볼까. 파스텔 옐로 같은 오후에 든 생각이었다.

행복은 수채화처럼, 선물은 파스텔 컬러처럼.

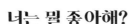

너는 뭘 좋아해?

뭘 하며 살아야 하는지 모르겠다는 생각이 든다면, 이왕 이면 좋아하는 거 하면서 살아보자. 좋아하는 게 뭔지 모르 겠다면 다음 질문을 생각해 보자.

1. 아무도 안 시켰는데 내가 스스로 하고 있는 것.
2. 나도 모르게 자꾸 떠올리는 것.
3. 생각하면 할수록 왠지 즐거운 것.

그게 내가 좋아하는 거다. 일이든, 취미든, 그런 거를 하 면서 살면 좋지 않을까?

아이돌이 될 거야

에스파 노래 〈수퍼노바Supernova〉를 듣다가 몇몇 친구들에게 카톡으로 외쳤다.

'나, 아이돌이 될 거야!'

진짜로 딱 저렇게 보냈다. 반응은 두 가지로 나뉘었다. 하나는 물음표식 반응, 하나는 말줄임표식 반응. 먼저 물음표식 반응은,

'뭐어? 또 새로운 꿈이 생겼어?'

라는 식이었다. 말줄임표식 반응은,

'그래, 그래. 파이팅하렴······.'

하는 식이었다. 답변들을 보며 큭큭 웃었다. 아무래도 나를 아는 친구들이라 그런지 이상한 소리 하지 말라거나 그게 대체 무슨 말이냐는 질문은 없었다. (한 명이 질문

을 하긴 했다. '너 〈최애의 아이推しの子〉 봤지? 그 애니 보고 빠져서 이러는 거지?' 하는 질문. '어떻게 알았어?'라고 답했다.)

그 와중에 가장 좋았던 질문이 하나 있었다.

'네가 생각하는 아이돌이라는 게 뭔데?'

오! 나지막하게 탄성을 질렀다. 맞아, 무엇이든 개념 정의를 해보는 게 중요하니까.

아이돌이라는 단어의 유래부터 찾아보았다. '아이돌 idol'은 그리스어에서 온 단어로, 원래의 뜻은 '우상'이었다. 내가 생각하는 아이돌의 뜻과 비슷하기도 하지만 부족하기도 했다. 내가 정의한 아이돌이란, '자기가 좋아하는 일을 하면서, 반짝반짝 빛나며, 사람들에게 꿈과 행복을 선물해 주는 사람'이었다. 전부터 했던 생각이었다. 노래라거나 댄스는 생각도 안 했다. 외모도 크게 중요하게 여기지 않았다.

나는 늘 그런 사람이 되고 싶었나 보다. 마음속으로는 생각했는데 구체적으로 바깥으로 외쳐본 건 이번이 처음이었다. 관심을 받고 싶은 게 아니다. 사랑을 갈구하는 것도 아니다. 실제로 나는 혼자 있을 때가 제일 편하다. (아이돌이라고 꼭 시끄러운 곳에 있을 필요는 없지 않을까?) 그냥, 많은 이들에게 뭘 주고 싶었나 보다. 마음을 선물하고 싶었나 보다.

아무튼 나는 아이돌이 되어야겠다. 내가 좋아하는 일을 하면서도, 사람들에게 꿈과 행복을 선물해 주어야겠다. 그렇게 살아야겠다. 사실 당신이 이 책을 집어서 펼친 순간부터 난 아이돌이 된 셈이다. 당신이 중간중간 미소를 짓는다면 대성공이겠다.

그래서 내 아이돌명은 뭘로 하지? 이름 그대로 해야 하나? 새로 하나 짓는 게 낫나? 고민이 된다.

친구들에게 또 카톡을 보냈다.

'아이돌명 추천 받습니다!'

에필로그

이해인 수녀님께서는 등불을 볼 때마다 고운 갈망을 품는다고 하셨습니다. 그리고 "세상을 밝히는 작은 등불이 되고 싶다"고 하셨습니다. 곰곰 생각해 보았습니다. 나는 어떤 사람이 되고 싶은 걸까? 그리고 어느 정도 결론을 내렸습니다. 저는, 세상을 어루만지는 햇살이 되고 싶습니다.

저는 기본적으로 말이 없는 사람입니다. 입을 가만히 다물고 아무 말도 하지 않을 때 마음이 가장 편하고 좋더라고요. 어떤 작가분들은 글을 줄줄 쓰신다고 하는데 저는 그게 참 부럽습니다. 저는 그렇게 잘 안 되거든요. 말도, 글도 조금씩 나오는 사람인가 봐요. 차분하게, 느리게, 천천히 말이죠. 그래도, 앞으로도 계속 쓸 생각입니다. 더 이상 흔들리지 않을 거고, 덜 불안해하고, 제 선택을 믿으며 살겠습니다. 앞으로도 제 글이 널리 퍼지고 많은 분들에게 읽혀서 여러분의 마음을 어루만져줄 수 있다면 더할 나위 없이 행복하겠습니다.

　책을 '많이' 읽는 것보다 더 중요한 건 '읽으면서 어떤 변화가 생겼는가?'라고 생각합니다. 감정적으로 충만해지거나, 지식이 늘어나거나, 새로운 관점이 생기거나, 생각이 넓어지거나. 또 어떠한 영향을 받았든 그게 독서의 진짜 장점이자 의미가 아닐까요. 글자만 읽고 끝낸다면 아쉽잖아요. 달라진 나를 만나는 시간이야말로 핵심이며 기쁨일 거예요.
　그래서 당신에게 꼭 부탁드리고 싶은 말이 있어요.

　오늘도 조금만 더 행복하세요.
　내일도 조금만 더 웃으시고요.
　우리, 또 만나요.
　고맙습니다.

— 당신과 함께 살고 있는, 박시은

매일 밤 조각 잠을 자더라도

1판 1쇄 펴낸날 2024년 12월 10일

지은이 박시은

책만듦이 김미정
책꾸밈이 디자인나울

펴낸곳 채륜서 **펴낸이** 서채윤
신고 2011년 9월 5일(제2011-43호)
주소 서울시 광진구 자양로 214, 2층(구의동)
대표전화 02.465.4650 **팩스** 02.6442.9442
book@chaeryun.com www.chaeryun.com

책값은 뒤표지에 있습니다.
ISBN 979-11-85401-84-3 03810